台灣の讀者の皆さんへのコメント

海を越えて旅したことのない私の書いた小説が、
海を越えて多くの讀者の皆様のもとに屆いていることを、
心から嬉しく思っています。
この作品も、どうぞお樂しみいただけますように!

致親愛的台灣讀者

從未出國旅行的我，
這次很高興自己寫的小說能跨海與許多讀者見面，
希望這部作品能帶給您無上的閱讀樂趣。

宮部みゆき

地下街的雨

ちかがいのあめ

Miyabe Miyuki
宮部美幸
王華懋——譯

宮部美幸 作品集／66
MIYABE MIYUKI

地下街的雨

Contents

進入「宮部美幸館」，就是進入最具原創力與當下性的新新羅浮宮

導讀——張亦絢

宮部美幸並不是不容錯過的推理作家——她是不容錯過的作家。她不只值得我們在休閒時光中，一飽推理之福，也爲眾人締造了具有共同語言的交流平台，讓我們得以探討當代的倫理與社會課題。

在這篇導讀中，我派給自己的任務，是在高達六十餘部作品中，挑出若干作品，介紹給兩類讀者，一是還未開始閱讀宮部美幸者；二是面對她龐大的創作體系，雖曾閱讀一二，但對進一步涉獵，感到難有頭緒的讀者。

入門：名不虛傳的基本款

在入門作品上，我推薦《無止境的殺人》、《魔術的耳語》與《理由》。

《無止境的殺人》：對於必須在課業或工作忙碌時間中，抽空閱讀的讀者，短篇集使我們可以自行調配閱讀的節奏——小說其實具備我們在小學時代都曾拿到過的作文題目旨趣：假如我是×××——本作可看成「假如我是某某某的錢包」的十種變奏。擬人化的錢包是敘述者。如何在看似同一主題下，變化出不同的內容，本作也有「趣味作文與閱讀」的色彩，是青春期讀者就適讀的

想像力之作。短篇進階則推《希望莊》。從短篇銜接至較易讀的長篇，《逝去的王國之城》則是特別溫馨的誠摯之作。

《魔術的耳語》：這雖不是作者的首作，但卻是作者在初試啼聲階段，一鳴驚人的代表作。北上次郎以〈閱讀小說的最高幸福〉讚譽，我隔了二十年後重讀，依然認爲如此盛讚，並非過譽。媚工、心智控制、影像——分別代表了古老非正式的「兩性常識」、傳統學科心理學或醫學、以至商業新科技三大面向的操縱現象及後遺症——這三個基本關懷，會在宮部往後的作品，比如《聖彼得的送葬隊伍》中，不斷深入。雖是作者的原點之作，也已大破大立。

《理由》：與《火車》同享大量愛好者的名作；雖然沒有明顯資料顯示，是枝裕和的《小偷家族》受到《理由》一書的影響，但兩者除了有所相通，寫於一九九九年的《理由》更是充分顯露宮部美幸高度預見性天才的作品。住宅、金融與土地——社會派有興趣的主題，偶爾會得到若干作家略嫌枯燥的處理——《理由》則以「無論如何都猜不到」的懸疑與驚悚，令人連一分鐘也不乏味地，就看完了批判經濟體系的上乘戲劇。說它是「推理大師爲你／妳解說經濟學」，還是稍微窄化了這部小說。除了推理經典的地位之外，也建議讀者在過癮的解謎外，注意本作中，無論本格或社會派中，都較少使用的荒謬諷刺手法。

冷門？尺度特別的奇特收穫

接著我想推三部有可能「被猶豫」的作品，分別是：《所羅門的僞證》、《落櫻繽紛》、與《蒲生邸事件》。

《所羅門的僞證》：傳統的宮部美幸迷，都未必排斥她的大長篇，比如若干《模仿犯》的讀者非但不抱怨長度，反而倍受感動。分成三部、九十萬字的《所羅門僞證》可能令人遲疑，節奏太慢？眞有必要？事實上，後兩部完全不是拖拉前作的兩度作續，三部都是堅實縝密的推理。最後一部的模擬法庭，更是將推理擴充至校園成長小說與法庭小說的漂亮出擊：宮部美幸最厲害的「對腦也對心說話」，更是發揮得淋漓盡致。此作還可視爲新世紀的「青春冒險小說」。說到冒險，過去的未成年人會漂到荒島或異鄉，然而現代社會的面貌已大爲改變：最危險的地方，就在「哪都不能去」的學校家庭中。誰會比宮部美幸更適合寫青春版的「環遊人性八十天」？少年少女之於宮部美幸，恰如黑猩猩之於珍古德，或工人之於馬克斯，三部曲可說是「最長也最社會派的宮部美幸」。

《落櫻繽紛》：「療癒的時代劇」，本作的若干讀者會說。但我有另個大力推薦的理由，我認爲，這是通往，小說家從何而來的祕境之書。除了書前引言與偶一爲之的書名，宮部美幸鮮少吊書袋。然而，若非讀過本書，不會知道，她對被遺忘的古書與其中知識的領悟與珍視。如果想知道，小說家讀什麼書與怎麼讀，本書絕對會使你／你驚豔之餘，深受啓發。

《蒲生邸事件》：儘管「蒲生邸」三字略令人感到有距離，然而，融合奇幻、科幻、歷史、愛情元素的本作，卻可說是一舉得到推理圈內外矚目，極可能是擁護者背景最爲多元的名盤。如果對「二二六事件」等歷史名詞卻步，可以完全放下不必要的擔憂。跳脫了「你非關心不可」與「你知道也沒用」兩大陣營的簡化教條，這本小說才會那麼引人入勝。我會形容本書是「最特殊也最親民的宮部美幸」。

以上三部，代表了宮部美幸最恢宏、最不畏冷門與最勇於嘗試的三種特質，它們有那麼一點點專門的味道，但絕對值得挑戰。

中間門：看似一般的重量級

最後，不是只想入門、也還不想太過專門——介於兩者之間的讀者，我想推薦《誰？》、《獵捕史奈克》與《三鬼》三本。

《誰？》：小編輯與大企業的千金成婚，隨時被叫「小白臉」的杉村三郎成爲系列作中，業餘到專業的偵探。看似完全沒有犯罪氣氛的日常中，案中案、案外案——至少有三案會互相交織連鎖——其中還包括一向被認爲不易處理的陳年舊案。喜歡生活況味與懸疑犯罪的兩種讀者，都容易進入；宮部美幸還同時展現了在《樂園》中，她非常擅長的親子或手足家庭悲劇。動機遠比行爲更值得了解——這不但是推理小說的法則，也是討論道德發展的基本認識：不是故意的犯罪、不得已的犯罪與不爲人知的犯罪，爲何發生？又如何影響周邊的人？除了層次井然，小說還帶出了「少女勞動者會被誰剝削？」等記憶死角。儘管案案相連，殘酷中卻非無情，是典型「不犯罪外，也要學會自我保護與生活」的「宮部伴你成長」書。

《獵捕史奈克》：主線包括了《悲嘆之門》或《龍眠》都著墨過的「復仇可不可？」問題。節奏快、結局奇，曾在《魔術的耳語》中出現的「媚工經濟」，會以相反性別的結構出現。本作是在各種宮部之長上，再加上槍隻知識的亮眼佳構。光是讀宮部美幸揭露的「槍有什麼」，就已值回票價——何況還有離奇又合理的布局，使得有如公路電影般的追逐，兼有動作片與心理劇的力道。雖然不同年齡層的男人互助，也還是宮部美幸筆下的風景，但此作中宮部美幸對女性的關愛，已非零星或一閃而過，而有更加溢於言表的顯現。

《三鬼》：《本所深川不可思議草紙》的細緻已非常可觀，《三鬼》驚世駭俗的好，並不只是深刻運用恐怖與妖怪的元素。它牽涉到透過各式各樣的細節，探討舊日本的社會組織與內部殖民。以兼作書名的〈三鬼〉一篇爲例，從窮藩栗山藩到窮村洞森村，令人戰慄的不只是「悲慘世界」，而是形成如此局面背後「不知不動也不思」的權力系統。這是在森鷗外〈高瀨舟〉與〈山椒大夫〉譜系上，更冷峻、更尖銳也可說更投入的揭露——看似「過去事」，但弱勢者被放逐、遺棄、隔離並產生互殘自噬的課題，可一點都不「過去式」。雖然此作最令我想出聲驚呼「萬萬不可錯過」，不代表其他宮部的時代推理，未有其他不及詳述的優點。

透過這種爆發力與續航性，宮部美幸一方面示範了文學的敬業；在另方面，由於她的思考結構具有高度的獨立性與社會批判力，也令人發覺，她已大大改寫了向來只強調「服從與辦事」的「敬業」二字的涵意。在不知不覺中，宮部美幸已將「敬業」轉化爲一系列包含自發、游擊、守望相助精神的傳世好故事。

進入「宮部美幸館」，就是進入最具原創力與當下性的新新羅浮宮。

本文作者簡介

張亦絢

巴黎第三大學電影及視聽研究所碩士。早期作品，曾入選同志文學選與台灣文學選。另著有《我們沿河冒險》（國片優良劇本佳作）、《晚間娛樂：推理不必入門書》、《小道消息》、《看電影的慾望》，長篇小說《愛的不久時：南特／巴黎回憶錄》（台北國際書展大賞入圍）、《永別書：在我不在的時代》（台北國際書展大賞入圍）。二〇一九年起，在BIOS Monthly撰寫影評專欄「麻煩電影一下」。

導讀　傅博

宮部美幸的推理文學世界「增補版」

日本當代國民作家宮部美幸

近年來在日本的雜誌上，偶爾會看到尊稱宮部美幸爲國民作家的文章。怎樣才能榮獲這個名譽呢？好像沒有確切的答案，然而綜觀過去被尊稱爲國民作家的作家生涯便不難看出國民作家的共同特徵。

明治維新（一八六八年）一百多年以來，被尊稱爲國民作家的爲數不多，夏目漱石和吉川英治是最早期的國民作家。夏目漱石是純文學大師，其作品具大眾性，一九一六年逝世至今，已歷一百年，其作品在書店仍然可見，代表作有《我是貓》、《少爺》等等。吉川英治是大眾文學大師，其作品有濃厚的思想性，對二次大戰戰敗的日本國民發揮了鼓舞的作用，其著作等身，代表作有《宮本武藏》、《新．平家物語》等等。

屬於戰後世代的國民作家有松本清張和司馬遼太郎。松本清張是社會派推理文學大師，其寫作範圍十分廣泛，除了推理小說之外，對日本古代史研究、挖掘昭和史等，留下不可磨滅的貢獻。司馬遼太郎是歷史文學大師，早期創作時代小說，之後撰寫歷史小說和文化論。這兩位作家的共同特徵是，著作豐富、作品領域廣泛、質與量兼俱。他們的思想對一九六〇年代後的日本文化發揮了影響力。

上述四位之外，日本推理小說之父江戶川亂步、時代小說大師山本周五郎，以及文學史上創作量最多、男女老少人人喜愛的赤川次郎也榮獲國民作家的尊稱。

綜觀以上的國民作家，其必備條件似乎是著作豐富、多傑作；作品具藝術性、思想性、社會性、娛樂性、普遍性；讀者不分男女，長期受到廣泛的老、中、青、少、勞動者以及知識分子的閱讀。

宮部美幸出道至今未滿二十年，共出版了四十三部作品，包括四十萬字以上的巨篇八部、長篇二十四部、中篇集四部、短篇集十三部，非小說類有繪本兩冊、隨筆一冊、對談集一冊。以平均每年出版兩冊的數量來說，在日本並非多產作家，但是令人佩服的是，其寫作題材廣泛、多樣，品質又高，幾乎沒有失敗之作。所獲得的文學獎與同世代作家相較，名列第一，該得的獎都拿光了。質的成功與量成比例，是宮部美幸文學的最大武器，也是獲得國民作家之稱的最大因素。

宮部美幸，本名矢部美幸，一九六〇年十二月二十三日生於東京都江東區深川。東京都立墨田川高中畢業之後，到速記學校學習速記，並在法律事務所上班，負責速記，吸收了很多法律知識。一九八四年四月起在講談社主辦的娛樂小說教室學習創作。

一九八七年，〈鄰人的犯罪〉獲第二十六屆《ＡＬＬ讀物》推理小說新人獎，〈鎌鼬〉獲第十二屆歷史文學獎佳作。一位新人，同年以不同領域的作品獲得兩種徵文比賽獎項實爲罕見。

前者是透過一名少年的觀點，以幽默輕鬆的筆調記述和舅舅、妹妹三人綁架小狗的計畫所引發的意外事件，是一篇以意外收場取勝的青春推理佳作，文風具有赤川次郎的味道。後者是以德川幕府時代的江戶（今東京）爲時空背景的時代推理小說。故事記述一名少女追查試刀殺人的兇手之經過，全篇洋溢懸疑、冒險的氣氛。

要認識一位作家的本質，最好的方法就是閱讀其全部的作品。當其著作豐厚，無暇全部閱讀時，則是先閱讀其處女作，因爲作家的原點就在處女作。以宮部美幸爲例，其作品裡的偵探，不管是系列偵探或個案偵探，很少是職業偵探，大多是基於好奇心，欲知發生在自己周遭的事件眞相，而做起偵探的業餘偵探，這些主角在推理小說是少年，在時代小說則是少女。其文體幽默輕鬆，故事收場不陰冷而十分溫馨，這些特徵在其雙線處女作之中已明顯呈現。

繼處女作之後的作品路線，即須視該作家的思惟了；有的一生堅持一條主線，不改作風，只追求同一主題，日本的推理小說家大多屬於這種單線作家——解謎、冷硬、懸疑、冒險、犯罪等各有專職作家。

另一種作家就不單純了，嘗試各種領域的小說，屬於這種複線型的推理作家不多，宮部美幸即是罕見的複線型全方位推理作家。她發表不同領域的處女作——推理小說和時代小說——同時獲得肯定，登龍推理文壇之後，此雙線成爲宮部美幸的創作主軸。

一九八九年，宮部美幸以《魔術的耳語》獲得第二屆日本推理懸疑小說大獎，拓寬了創作路線，由此確立推理作家的地位，並成爲暢銷作家。

宮部美幸作品的三大系統

這次宮部美幸授權獨步文化出版社，發行台灣版《宮部美幸作品集》二十七部（二十三部中有四部分爲上下兩冊），筆者以這二十三部爲主，按其類型分別簡介如下。

要完整歸類全方位作家宮部美幸的作品實非易事，然其作品主題是推理則毋庸置疑。筆者綜合故事的時空背景以及現實與非現實的題材，將它分爲三大系統。第一類爲推理小說，第二類時代小說，第三類奇幻小說，而每系統可再依其內容細分爲幾種系列。

一、推理小說系統的作品

宮部美幸的出道與新本格派崛起（一九八七年）是同一時期，早期作品除可能受此影響之外，文體、人物設定、作品架構等，可就是受到赤川次郎的影響了。所以她早期的推理小說大多屬於青春解謎的推理小說；許多短篇沒有陰險的殺人事件登場，大多是以日常生活中的家庭糾紛爲主題，屬於日常之謎系列的推理小說不少。屬於本系列的有：

1. 《鄰人的犯罪》（短篇集，一九九〇年一月出版）收錄處女作以及之後發表的青春推理短篇四篇。早期推理短篇的代表作。

2. 《完美的藍——阿正事件簿之一》（長篇，一九八九年二月出版／獨步文化版．宮部美幸作品集01——以下只記集號）「元警犬系列」第一集。透過一隻退休警犬「阿正」的觀點，描述牠與現在的主人——蓮見偵探事務所調查員加代子——的辦案過程。故事是阿正和加代子找到離家出走的少年，在將少年帶回家的途中，目睹高中棒球明星球員（少年的哥哥）被潑汽油燒死的過程。在搜查過程中浮現的製藥公司的陰謀是什麼？「完美的藍」是藥品名。具社會派氣氛。

3.《阿正當家——阿正事件簿之二》（連作短篇集，一九九七年十一月出版／16）「元警犬系列」第二集。收錄〈動人心弦〉等五個短篇，在第五篇〈阿正的辯白〉裡，宮部美幸以事件委託人登場。

4.《這一夜，誰能安睡？》（長篇，一九九二年二月出版／06）「島崎俊彥系列」第一集。透過中學一年級生緒方雅男的觀點，記述與同學島崎俊彥一同調查一名股市投機商贈與雅男的母親五億圓後，接獲恐嚇電話、父親離家出走等事件的眞相，事件意外展開、溫馨收場。

5.《少年島崎不思議事件簿》（長篇，一九九五年五月出版／13）「島崎俊彥系列」第二集。在秋天的某個晚上，雅男和俊男兩人參加白河公園的蟲鳴會，主要是因爲雅男想看所喜歡的工藤小姐一眼，但是到了公園門口，卻碰到殺人事件，被害人是工藤的表姊，於是兩人開始調查眞相，發現事件背後的賣春組織。具社會派氣氛。

6.《無止境的殺人》（長篇，一九九二年九月出版／08）將錢包擬人化，由十個錢包輪流講自己所見的主人行爲而構成一部解謎的推理小說。人的最大欲望是金錢，作者功力非凡，藉由放錢的錢包揭開十個不同的人格，而構成解謎之作，是一部由連作構成的異色作品。

7.《繼父》（連作短篇集，一九九三年三月出版／09）「繼父系列」第一集。一個行竊失風的小偷，摔落至一對十三歲雙胞胎兄弟家裡，這對兄弟的父母失和，留下孩子各自離家出走，於是兄弟倆要求小偷當他們的爸爸，否則就報警，將他送進監獄，小偷不得已，承諾兄弟倆當繼父。不久，在這奇妙的家庭裡，發生七件奇妙的事件，他們全力以赴解決這七件案件。典型的幽默推理小說集。

8.《寂寞獵人》（連作短篇集，一九九三年十月出版／11）「田邊書店系列」第一集。以第三人稱多觀點記述在田邊舊書店周遭所發生的與書有關的謎團六篇。各篇主題迥異，有命案、有日常之謎、有異常心理、有懸疑。解謎者是田邊舊書店店主岩永幸吉和孫子稔。文體幽默輕鬆，但是收場不一定明朗，有的很嚴肅。

9.《誰？》（長篇，二〇〇三年十一月出版／30）「杉村三郎系列」第一集。今多企業集團會長今多嘉親之司機　田信夫被自行車撞死，信夫有兩個未出嫁的女兒，聰美與梨子。梨子向今多會長提議，要出版父親的傳記，以找出嫌犯。於是，今多要求在集團廣報室上班的女婿杉村三郎協助姊妹倆出書事務。聰美卻反對出書，杉村認爲兩姊妹不睦，藏有玄機，他深入調查，果然……

10.《無名毒》（長篇，二〇〇六年八月出版／31）「杉村三郎系列」第二集。今多企業集團廣報室臨時僱用的女職員原田泉與總編吵架，寄出一封黑函後，即告失蹤。原田的性格原來就稍有異常，今多會長要求杉村三郎調查眞相。杉村到處尋找原田的過程中，認識曾經調查過原田的私家偵探北見一郎，之後杉村在北見家裡遇到「隨機連環毒殺案」第四名犧牲者的孫女古屋美知香，於是捲入毒殺事件的漩渦中。杉村探案的特徵是，在今多會長叫他處理公務上的糾紛過程中，因其正義感使他去解決另外的事件。

以上十部可歸類爲解謎推理小說，而從文體和重要登場人物等來歸類則是屬於幽默推理、青春推理爲多。屬於這個系列的另有以下兩部。

11.《地下街的雨》（短篇集，一九九四年四月出版）。

12.《人質卡濃》（短篇集，一九九六年一月出版）。以下九部的題材、內容比較嚴肅，犯罪規模大，呈現作者的社會意識。有懸疑推理、有社會派推理、有報導文體的犯罪小說。

13.《魔術的耳語》（長篇，一九八九年十二月出版／02）獲第二屆日本推理懸疑小說大獎的社會派推理傑作。三起看似互不相干的年輕女性的死亡案件，和正在進行的第四起案件如何演變成連續殺人案。十六歲的少年日下守，爲了證實被逮捕的叔叔無罪，挑戰事件背後的魔術師的陰謀。宮部美幸早期代表作。

14.《Level 7》（長篇，一九九〇年九月出版／03）一對年輕男女在醒來之後失去記憶，手臂上被印上「Level 7」；一名高中女生在日記留下「到了 Level 7 會不會回不來」之後離奇失蹤。尋找自我的男女，和尋找失蹤女高中生的眞行寺悅子醫師相遇，一起追查 Level 7 的陰謀。兩個事件錯綜複雜，發展爲殺人事件。宮部後期的奇幻推理小說的先驅之作、早期代表作。

15.《獵捕史奈克》（長篇，一九九二年六月出版／07）持散彈槍闖入大飯店婚宴的年輕女子關沼惠子、欲利用惠子所持的槍犯案的中年男子織口邦雄、欲阻止邦雄陰謀的青年佐倉修治、欲去探望臥病妻子的優柔寡斷的神谷尙之、承辦本案的黑澤洋次刑警，這群各有不同目的的人相互交錯，故事向金澤之地收束。是一部上乘的懸疑推理小說。

16.《火車》（長篇，一九九二年七月出版）榮獲第六屆山本周五郎獎。停職中的刑警本間俊介受親戚栗坂和也之託，尋找失蹤的未婚妻關根彰子，在尋人的過程中，發現信用卡破產猶如地獄般的現實社會，是一部揭發社會黑暗的社會派推理傑作，宮部第二期的代表作。

17.《理由》（長篇，一九九八年六月出版）二〇〇一年榮獲第一百二十屆直木獎和第十七屆日本冒險小說協會大獎。東京荒川區的超高大樓的四十樓發生全家四人被殺害的事件。然而這被殺的四人並非此宅的住戶，而這四人也不是同一家族，沒有任何血緣關係。他們爲何偽裝成家人一起生活？他們到底是什麼人？又想做什麼？重重的謎團讓事件複雜化，事件的眞相是什麼？一部報導文學形式的社會派推理傑作。宮部第二期的代表作。

18.《模仿犯》（百萬字長篇，二〇〇一年四月出版）同時榮獲第五十五屆每日出版文化獎特別獎，二〇〇二年同時榮獲第五屆司馬遼太郎獎和二〇〇一年度藝術選獎文部科學大臣獎文學部門獎。在公園的垃圾堆裡，同時發現女性的右手腕與一名失蹤女性的皮包，不久兇手打電話到電視公司和失主家中，果然在兇手所指示的地點發現已經化爲白骨的女性屍體，是利用電視新聞的劇場型犯罪。不久，表面上連續殺人案一起終結，之後卻意外展開新局面。是一部揭發現代社會問題的犯罪小說，宮部文學截至目前爲止的最高傑作，推理文學史上的不朽名著。

19.《R．P．G》（長篇，二〇〇一年八月出版／22）在食品公司上班的所田良介於杉並區的建築工地被刺死，在他的屍體上找到三天前在澀谷區被絞殺的大學女生今井直子身上所發現的同樣纖維，於是兩個轄區的警察組成共同搜查總部，而曾經在《模仿犯》登場的武上悅郎則與在《十字火焰》登場的石津知佳子連袂登場。是一部現今在網路上流行的虛擬家族遊戲爲主題的社會派推理小說。

宮部美幸的社會派推理作品尚有：

20.《東京下町殺人暮色》（原題《東京殺人暮色》，長篇，一九九〇年四月出版）。
21.《不需要回答》（短篇集，一九九一年十月出版／37）。

二、時代小說系統的作品

時代小說是與現代小說和推理小說鼎足而立的三大大眾文學。凡是以明治維新之前為時代背景的小說，總稱為時代小說或歷史‧時代小說。

時代小說視其題材、登場人物、主題等再細分為市井、人情、股旅（以浪子的流浪為主題）、劍豪、歷史（以歷史上的實際人物為主題）、忍法（以特殊工夫的武鬥為主題）、捕物等小說。

捕物小說又稱捕物帳、捕物帖、捕者帳等，近年推理小說的範疇不斷擴大，將捕物小說稱為時代推理小說，歸為推理小說的子領域之一。捕物小說的創作形式是日本獨有，其起源比日本推理小說早六年。一九一七年，岡本綺堂（劇作家、劇評家、小說家）發表《半七捕物帳》的首篇作〈阿文的魂魄〉，是公認的捕物小說原點。

據作者回憶，執筆《半七捕物帳》的動機是要塑造日本的福爾摩斯——半七，同時欲將故事背景的江戶的人情和風物以小說形式留給後世。之後，很多作家模仿《半七捕物帳》的形式，創作了很多捕物小說。

由此可知，捕物小說與推理小說的不同之處是以江戶的人情、風物為經，謎團、推理為緯而構成的小說。因此，捕物小說分為以人情、風物為主，與謎團、推理取勝的兩個系統。前者的代表作是野村胡堂的《錢形平次捕物帳》，後者即以《半七捕物帳》為代表。

宮部美幸的時代小說有十一部，大多屬於以人情、風物取勝的捕物小說。

22.《本所深川不可思議草紙》（連作短篇集，一九九一年四月出版／05）「茂七系列」第一集。榮獲第十三屆吉川英治文學新人獎。江戶的平民住宅區本所深川，有七件不可思議的事象，作者以此七事象爲題材，結合犯罪，構成七篇捕物小說。破案的是回向院捕吏茂七，但是他不是主角，每篇另有主角，大多是未滿二十歲的少女。以人情、風物取勝的時代推理佳作。

23.《幻色江戶曆》（連作短篇集，一九九四年八月出版／12）以江戶十二個月的風物詩爲題，結合犯罪、怪異構成十二篇故事。以人情、風物取勝的時代推理小說。

24.《最初物語》（連作短篇集，一九九五年七月出版，二〇〇一年六月出版珍藏版，增補一篇作品／21）「茂七系列」第二集。以茂七爲主角，記述七篇茂七與部下系吉和權三辦案的經過，作者在每篇另有記述與故事沒有直接關係的季節食物掌故，介紹江戶風物詩。人情、風物、謎團、推理並重的時代推理小說。

25.《顫動岩——通靈阿初捕物帳1》（長篇，一九九三年九月出版／10）「阿初系列」第一集。破案的主角是一名具有通靈能力的十六歲少女阿初，她看得見普通人看不見的東西，而且一般人聽不到的聲音也聽得到。某日，深川發生死人附身事件，幾乎與此同時，武士住宅裡的岩石開始顫動。這兩件靈異事件是否有關聯？背後有什麼陰謀？一部以怪異取勝的時代推理小說。

26.《天狗風——通靈阿初捕物帳2》（長篇，一九九七年十一月出版／15）「阿初系列」第二集。天亮颳起大風時，少女一個一個地消失，十七歲的阿初在追查少女連續失蹤案的過程中遇到邪惡的天狗。天狗的眞相是什麼？其陰謀是什麼？也是以怪異取勝的時代推理小說。

27.《糊塗蟲》（長篇，二〇〇〇年四月出版／19．20）「糊塗蟲系列」第一集。深川北町的鐵瓶大雜院發生殺人事件後，住民相繼失蹤，是連續殺人案？抑或另有陰謀？負責辦案的是怕麻煩的小官井筒平四郎，協助他破案的是聰明的美少年弓之助。本故事架構很特別，作者先在冒頭分別記述五則故事，然後以一篇長篇與之結合，構成完整的長篇小說。以人情、推理並重的時代推理傑作。

28.《終日》（長篇，二〇〇五年一月出版／26．27）「糊塗蟲系列」第二集。故事架構與第一集一樣，在冒頭先記述四則故事，然後與長篇結合。負責辦案的是糊塗蟲井筒平四郎，協助破案的除了弓之助之外，回向院茂七的部下政五郎也登場，作者企圖把本系列複雜化，或許將來作者會將幾個系列納爲一大系列。也是人情、推理並重的時代推理小說。

以上三系列都是屬於時代推理小說。案發地點都在深川，但是每系列各具特色，有以風情詩取勝，也有以人際關係取勝，也有怪異現象取勝，作者實爲用心良苦。宮部美幸另有四部不同風格的時代小說。

29.《扮鬼臉》（長篇，二〇〇二年三月出版／23）深川的料理店「舟屋」主人的獨生女阿鈴發燒病倒，某日一個小女孩來到其病榻旁，對她扮鬼臉，之後在阿鈴的病榻旁連續發生可怕又可笑的不可思議的事，於是阿鈴與他人看不見的靈異交流。一部令人感動的時代奇幻小說佳作。

30.《怪》（奇幻短篇集，二〇〇〇年七月出版）。

31.《鎌鼬》（人情短篇集，一九九二年一月出版）。

32.《忍耐箱》（人情短篇集，一九九六年十一月出版／41）。

33.《孤宿之人》（長篇，二〇〇五年出版／28．29）。

三、奇幻小說系統的作品

史蒂芬・金的恐怖小說和奇幻小說《哈利波特》成爲世界暢銷書後，原處於日本大眾文學邊緣的奇幻小說獲得成長發展的機會，漸漸確立其獨立地位，而宮部美幸的奇幻小說就在這欣欣向榮的機運中誕生。她的奇幻作品特徵是超越領域與推理小說結合。

34.《龍眠》（長篇，一九九一年二月出版／04）榮獲第四十五屆日本推理作家協會獎的長篇獎。週刊記者高坂昭吾在颱風夜駕車回東京的途中遇到十五歲的少年稻村慎司，少年告訴記者「我擁有超能力。」他能夠透視他人心理，慎司爲了證明自己的超能力，談起幾個鐘頭前發生的事件眞相，從此兩人被捲入陰謀。是一部以超能力爲題材的奇幻推理傑作，宮部早期代表作。

35.《十字火焰》（長篇，一九九八年十一月出版／17・18）青木淳子具有「念力放火」的超能力。有一天她撞見了四名年輕人欲殺害人，淳子手腕交叉從掌中噴出火焰殺害了其中的三個人，另一個逃走了。勘查現場的石津知佳子刑警，發現焚燒屍體的情況與去年的燒殺案十分類似。也是一部以超能力爲題材的奇幻推理大作。

36.《蒲生邸事件》（長篇，一九九六年十月出版／14）榮獲第十八屆日本ＳＦ大獎。尾崎高史爲了應考升學補習班上京，其投宿的飯店發生火災，因而被一名具有「時間旅行」的超能力者平田次郎搭救到一九三六年二月二十六日的二・二六事件（近衛軍叛亂事件）現場，兩名來自未來的訪客能否阻止起義而改變歷史？也是一部以超能力爲題材的奇幻推理大作。

37.《勇者物語—Brave Story》（八十萬字長篇，二〇〇三年三月出版／24・25）念小學五年級的三谷亘的父母不和，正在鬧離婚，有一天他幻聽到少女的聲音，決心改變不幸的雙親命運，打開幽靈大廈的門，進入「幻界」到「命運之塔」。全書是記述三谷鉀的冒險歷程。一部異界冒險小說大作。

除了以上四部大作之外，屬於奇幻小說的作品尚有以下四部：

38.《鴿笛草》（中篇集，一九九五年九月出版）。

39.《僞夢1》（中篇集，二〇〇一年十一月出版）。

40.《僞夢2》（中篇集，二〇〇三年三月出版）。

41.《ICO——霧之城》（長篇，二〇〇四年六月出版）。

以上三十九部是小說。另有四部非小說類從略。

如此將宮部美幸自一九八六年出道以來，一直到二〇〇五年底所出版的作品，歸類爲三系統後，再按時序排列，便很容易看出作者二十年來的創作軌跡，也可預見今後的創作方向。請讀者欣賞現代，期待未來。

二〇〇七．十二．十二

本文作者簡介

傅博

文藝評論家。另有筆名島崎博、黃淮。一九三三年出生，台南市人。於早稻田大學研究所專攻金融經濟。在日二十五年以島崎博之名撰寫作家書誌、文化時評等。曾任推理雜誌《幻影城》總編輯。一九七九年底回台定居。主編「日本十大推理名著全集」、「日本推理名著大展」、「日本名探推理系列」以及「日本文學選集」（合計四十冊，希代出版）。二〇〇九年出版《謎詭‧偵探‧推理——日本推理作家與作品》（獨步文化），是台灣最具權威的日本推理小說評論文集。

chapter 1

地下街的雨

1

山茶花圖案的領帶。

不是眼花，也不是錯覺，就是那個圖案。深藍底，手繪的紅色山茶花。是那時候那個女人爲淳史挑選的領帶。我不可能忘記，那種義無反顧的紅。當時我心想，如果打上這條領帶，胸膛正中央就會宛如開出一個鮮紅色的洞，好像被一槍射穿一般。

「全部都是手繪的，獨一無二。」

店員這麼說：

「這是本店的獨家商品，絕無僅有，就只有這一條。」

打著那條領帶的陌生男子，就站在不到兩公尺外的地方，好像在等人。

麻子無法從他身上移開目光。

下午六點，地下鐵驗票閘門外的小廣場。

和淳史相約時，麻子總是選擇這個地點。因爲這一站離兩人的職場不遠不近，恰到好處，人潮也不多不少，相當方便。

「我在右邊第三根柱子旁邊等。」她已經在電話裡說明位置，「你過來找我喔。」

「我可能會慢一點，妳不要離開喔。」淳史說，「妳那麼小隻，一下子就會被人潮淹沒了。」

就算麻子個子嬌小，也不可能找不到人，但每次相約，淳史總是會這麼說，就像在叮嚀小朋友一樣。

以前兩人一起去看西洋電影回家的路上，也有過這樣的對話。

「英語眞好。」淳史說。

「怎麼說？」

「喏，叫人的時候，有很多種說法。如果是男女朋友，就可以叫『honey』、『sweetheart』，也聽過有人叫『baby』的。被那樣叫，聽到的人也會很開心吧。」

麻子笑道，「如果你敢叫我『小不點』，我可是會生氣的。」

沒錯。所以淳史喝醉酒說「麻子，爲什麼妳從頭到腳從裡到外都這麼小呢」的時候，她狠狠地踹了他一腳。

「幹嘛踢我？我是說妳很小很可愛啊！」

「什麼『從頭到腳從裡到外』，下流。」

一想起來，現在依然覺得好笑。嬌小玲瓏的痲子和高大挺拔的淳史走在一起，真的就好像掛在他的手臂上一樣。

但我們是天造地設的一對。就好像分散的拼圖碎片，注定要鑲嵌在一起的一對。

不會錯了，這次眞的是對的人。兩年前的另一個男人，她早就忘了。

痲子這麼想著，不經意地抬頭，發現驗票閘門旁的公共電話那裡，站著一個打紅色山茶花圖案領帶的男人。

年紀大概幾歲？比淳史年長許多，三十後半——四十左右？

大紅的山茶花被男子穿的樸素鐵灰色西裝襯得格外顯眼。這樣一看，就會發現那條領帶完全是爲那種成熟男性量身訂做，而不是設計給淳史那種年輕人的……

可是，那條領帶怎麼會在那個男人身上？

這時，打深紅色山茶花領帶的男子忽然笑逐顏開。他在等的人現身了。

對方穿過驗票閘門小跑步過來了。雖然遲到，腳步匆促，卻能面帶微笑，是因爲她們擁有特權，深知等待的人一定會笑著包容。她們笑著推開旁人，穿過人潮，不好意思、不好意思，我男朋友在等我——

看到女人的臉、發現她是誰的瞬間，靠在柱子上的痲子頓時挺直了身體。

是「那個女人」。

痲子忍不住走近兩人。就彷彿被什麼人牽引似的，上身前傾不由自主地靠過去。

兩名男女幾乎同時注意到麻子。

「那個女人」幾乎沒變。所以麻子一眼就認出她來了。不管是髮型、化妝還是服裝都是。她穿著顯瘦的套裝，腳上是挺立的高跟鞋。低胸上衣是帶光澤的白色，精巧的鑽石項鍊反射出燦光。

「三浦小姐……」

女人也記得麻子。

2

那是一年半前的事了。

當時麻子在八重洲地下街裡的一家小咖啡廳當女服務生。

是下午一點到傍晚六點的計時人員。其實她根本不想上班，但失業保險給付已經領完了，父母也一直嘮叨，叫她別成天悶在家裡，出去工作，她才心不甘情不願地找了這份差事。

那個時候的麻子雖然在呼吸，被柔軟的皮膚包覆著，卻只是一具機械而已。胸口深處有齒輪在轉動著。

麻子認爲，人感受「幸福」的部位一定是心臟。每當遇到「幸福」的事，心跳就會加速。和情人獨處時會那樣心頭小鹿亂撞，就是爲了讓對方可以用手感受到這個事實。

然而——

淪爲機器的麻子，心臟也變成了單純的齒輪，總是傾軋推擠、氣喘如牛的，只爲了讓麻子活下去而轉動。可以停下來了嗎？可以不要再動了嗎？它總是這樣問著麻子，百般不願地工作著。每當夜晚趴臥在被窩裡，麻子便聽見心臟這些不滿的擠壓聲在催促著她。欸，我們就停下來了好嗎？乾脆一點吧。

讓麻子變成這樣的，是一個男人。他叫伊東充，直到半年前都還是麻子的同事的年輕人。到底是哪裡做錯了？是在哪裡搞錯了？麻子和他交往、訂婚，請上司做媒人，挑好婚宴場地，選好婚紗，從積蓄中設法撥出一筆錢，都買好了新居的家具，然而——

婚禮兩週前，婚事卻告吹了。

「對不起。」她還記得他這樣說，「可是，我別無選擇。」還有這句話，「我覺得必須在事情無可挽回之前，懸崖勒馬。現在罷手，還不會傷得太深——」

你割斷我的喉嚨，卻說不會傷得太深。你掐斷我的脖子，卻叫我步向不同的人生。

你殺了我，卻準備揮揮手道別說保重。麻子想要這樣說，卻再也擠不出半個字。

最後雙方找了律師，談判賠償數字。麻子默默跟著父母一起去找律師，回答問題，在律師要求下，把充寫給她的信也拿出來了。這是他寫給她的唯一一封信，以筆壓微弱的字跡寫著爲什麼非和麻子分手不可。

「我媽無論如何都反對這樁婚事，」

「這樣下去，也只會讓妳不幸，」

「我失去繼續和妳走下去的自信了，」

「這時她出現在我面前——我被她吸引了——我第一次有這樣的感受。」

「對不起，我真的很對不起妳，但我別無選擇。我已經不愛妳了。我現在愛的是她。我沒辦法撒謊。對不起，對不起，對不起。」

不斷重複的空洞言詞。在空瓶子裡迴響的背叛話語。充不是把瓶子封起來丟掉，而是舉起來毆打麻子。

直到粉碎。

「眞是太厚臉皮了。」律師說，「太不負責任了。這種男人就該給他一點教訓。告他吧。」

但說到底，接下來就只是錢的問題。

訂婚，以及準備結婚花掉的錢。所失利益。因爲是辦公室戀情，麻子在訂婚的時候，也辭掉了工作。那是一家大公司，如果繼續留在職場，她應該可以持續領到優渥的薪資。據說這就叫所失利益，還有賠償金。

你殺了我，然後說要用金錢補償我。

麻子在律師委任狀上蓋了章，對被拿去買賣的自己的靈魂說再見。

「怎麼不找個穩定一點、可以長久做下去的工作？」

麻子知道父母這樣埋怨。但她會選擇當服務生，是因爲輕鬆。

只要默默端杯子就行了。只要點餐就行了。選擇員工人數少的小店吧。這樣一來，即使在履歷撒謊，店家應該也不會去查證。也不太會被人追根究柢，「妳之前在哪裡上班？爲什麼辭職了？」

「找家跟之前一樣的大公司上班吧。」媽，雖然妳這樣說，但妳想過，去那種大公司面試，遞出履歷，被追問「妳之前明明在很不錯的公司上班，怎麼會離職？」的時候，我是什麼感受嗎？妳想像過，明知道只要公司打一通電話就會被揭穿，卻要硬著頭皮撒謊說「因爲想要拓展自己的人生經驗」，那感覺有多淒慘嗎？

我也很難受。繫著褪色的五彩條紋圍裙，口袋裡塞著一疊點單，踩著低跟皮鞋走來走去，抱著托盤呆站在店裡。都已經二十六歲了，卻做著高中女生才會做的打工，對未來毫無展望，不可能不難受。

光顧的粉領族穿著等級遠不如我前職場的公司制服，然而我卻要送餐給她們，被她們招手要求咖啡續杯，收拾她們留下的杯盤狼藉，在盤子上發現掉落的長髮，這些都不可能讓人開心。

人生被毀掉，就是這麼一回事。

就在麻子懷著這樣的怨懟工作時，遇到了「那個女人」。

3

女人坐在窗邊，喝著咖啡歐蕾。修長白皙的手指扶著杯子，右手小指戴著寬粗的金尾戒。

這裡是地下街，因此即使坐在窗邊，也欣賞不到景色。除了對面的青少女服飾店和皮包店的店面以外，其餘的便是絡繹不絕的行人臉孔，但麻子覺得女人對那些臉看得興味盎然。

現在是星期一的下午四點，店裡沒什麼客人。除了女人以外，就只有一對桌上放著文件、似乎正在洽商的上班族，占據了和女人相反的店內雅座，正低聲交頭接耳。

這個時間帶，服務生只有麻子和另一個讀動畫專門學校的女生。那女生只要一有空，就會躲到後面的廚房去。她和一樣是打工人員的洗盤子男生似乎就快打得火熱。

麻子一個人躲在觀葉植物後面，靠在牆上，出神地望著店內。窗邊的女人與她隔了兩張桌子，身體面對麻子，但兩人沒有對望。女人靜靜地喝著咖啡歐蕾，目光追隨著流過戶外通道的人群。

店內播放著有線廣播。是專門播送輕快流行曲的電台。麻子對音樂沒什麼興趣，沒聽過的歌曲就這樣不經意地左耳進右耳出。

因此窗邊的女人向她攀談時，她也一時沒意會過來。

「什麼？」

麻子眨著眼睛，上身稍微前傾，窗邊女人說著「喏，這首歌」，豎起食指指著半空中，就好像可以看見流瀉的音樂。

「我喜歡這首歌。」

麻子側耳聆聽。音樂傳入耳中，是英文歌。她花了點時間才聽出歌詞。

Who's that boy

I need a quick identification
Who’s that boy
Here I go again
—Tell me what’s his name

「妳聽過嗎？」

窗邊女人淡淡地微笑問，麻子搖了搖頭。

「我對音樂沒什麼興趣。」

「這樣啊，眞可惜。」

窗邊女人交疊起修長的雙腿，從擺在一旁的皮包取出香菸。是Virginia Slims的涼菸。她以造型纖細的打火機點了火，悠閒地抽著，配合曲子，低聲地哼了起來。

麻子也聽完剩餘的歌曲，但覺得不像這種成熟女性會公開宣稱「我喜歡這首歌」的曲風。

接下來播放的是輕快活潑的歌曲。窗邊女人摁熄了菸，拿起帳單站起來。麻子也走向收銀台。

「謝謝。」窗邊女人留下這話，離開店裡。

只是這樣而已。店裡清閒的時候，客人攀談是常有的事。甚至有一次有個中年上班族突然走進店裡，對麻子說些類似搭訕的話，不過麻子並沒放在心上。

不過這個女人不一樣。她修長的腳線、略顯溜肩的肩膀、把頭靠在窗玻璃上的姿態，就像一幅底片般烙印在麻子的心裡。

事後麻子覺得，也許是因爲當背景音樂一切換成活潑的情歌，她便摁熄香菸站起來的模樣，與自己總有些相似。

隔天女人也來了。

時間差不多。店內也差不多清閒。她在昨天的窗邊座位坐下，又點了咖啡歐蕾。然後她站起來，走到店裡的粉紅色簡易公共電話旁，拿起話筒。

好一段時間，她和麻子都裝作沒看到對方。但昨天女人說喜歡的曲子一開始播放，她便抬起頭來，望向麻子說：

「啊，播了。」

「妳點播的嗎？」

「對。第一次點播。眞的會播呢。」

「當然了。」

公共電話旁貼了電台的電話號碼，供想要點播的客人撥打。女人也是打了那個號碼吧。這個時間帶應該沒什麼聽眾會點播歌曲，所以容易成功也說不定。

窗邊女人靜靜哼著歌，點著腳尖，望著窗外的行人呑雲吐霧。

歌曲播完後，她再次仰望麻子，「每次聽到這首歌，總讓我感同身受。」

麻子只能曖昧地笑笑，因爲今天她也沒怎麼認眞聽歌。

「大學生？」窗邊女人問。

「看起來像嗎？」

「對。」

「那就當做這樣吧。」

窗邊女人笑了。第一次看到她的牙齒，整齊得近乎不自然。麻子猜想可能是做特種行業的，總不可能是藝人。

「您是上班族嗎？」麻子問，女人搖搖頭。

「以前是，現在在找工作。要不然怎麼可能這種時間泡在咖啡廳裡？」

「說的也是呢。」麻子應道，也輕笑了一下。

「這一帶交通方便，通勤時間也比較短，可是沒什麼理想的職缺呢。不過如果我再年輕點，根本不愁找不到工作。」

「求職這麼難嗎？」

女人蹙起眉頭，「難嘍，大部分都是履歷表瞥一眼就刷下來了。」

「我以爲現在到處都很缺人。」

「缺人還被刷下來，簡直沒救了。行政人員最重視的條件好像就是年輕，有沒有資歷都無關呢。」

「您以前是做什麼的？」

問出口後，麻子便後悔了。她自己也不願意被問到這個問題，一直以來都在逃避，這個女人也有可能是相同的處境啊。

然而女人輕甩了一下頭，撩起頭髮，乾脆地回答：

「社長祕書。」

「眞棒。」

「兼情婦。然後情婦那邊離職了，就被炒魷魚了。」

女人點燃香菸，以挑戰的目光仰望麻子。有何評論呀，小妹妹？

麻子慢慢地說，「女人的工作和私生活經常會牽扯在一起，造成不利的影響呢。」

窗邊女人點了點頭，動作莫名惹人憐愛。

「妳不是大學生吧？」

「看得出來嗎？」

「妳那是過來人的口氣。還沒出社會的學生，說不出這種話的。」

「是嗎？」麻子重新抱好托盤，抵在胸前。也許是無意識之中想要藉由這樣來保護自己。自從被悔婚以後，麻子第一次想要向別人傾吐自己的遭遇。

「我被始亂終棄。」窗邊女人喃喃說道。目光看向窗外，看著往來不絕的陌生人經過。

「他說要跟老婆離婚，和我在一起，說了好多年了。我一直深信不疑。整整六年。六年前的話，我比現在年輕多了。」

麻子垂下目光。

有些人想要向陌生人——計程車司機、麻子這樣的女服務生、新幹線旁邊座位的陌生乘客——傾吐心聲。因爲他們覺得對方聽完就會忘了，不會有後顧之憂。

窗邊女人喝了一口咖啡歐蕾，放下杯子，嘴唇扭曲，就好像咬到什麼苦澀的東西，若有似無地笑了。

「沒想到社長根本不打算跟老婆離婚，倒是想要跟我分手。他搞上一個比我年輕太多的小妹妹，找到代替我的人了。我眞是太傻了。」

「怎麼不跟社長太太告狀呢？」

麻子說，女人吃吃笑起來。

「我當然告狀啦，可是沒用。我們兩個的事，他太太早就知道了，她說『我先生愛偷腥是一種病了，到死都好不了』。我才是丟人現眼，自取其辱呢。」

眞是太傻了——女人再次唾棄地說，右手用力摀住了嘴巴，就好像快嘔吐出來似的。

麻子覺得她是在克制著不哭出來。

「夠了，我要忘了那種人。」

片刻之後，女人總算放下手說：

「可是我還是沒辦法放棄。我沒辦法就這樣放棄一切。我覺得自己還有機會。我也——我也可以遇到願意好好愛我的男人，要不然豈不是太不公平了？」

麻子無言以對。掉進同一個洞穴的兩個人，即使彼此安慰總有一天會有梯子從天而降，也只是徒增空虛罷了，不是嗎？

女人也沉默了。額頭貼在玻璃上，放空出神。麻子想要離開原地，她覺得聽到太多了。

「咦，下雨了。」

窗邊女人說，麻子回頭。

穿過地下街的人潮中，混雜著手中拿傘的人。有些傘潮濕反光，有些傘滴下雨水。

「您有傘嗎？」

麻子忍不住問，她不願意想像女人全身濕漉漉地回家的模樣。

「沒帶，不過沒關係。我都是搭地下鐵，而且家就在車站附近。」

女人微笑，道了聲謝。接著眼神又倏忽遙望，低語道：

「地下街的雨啊……」

麻子放下托盤，重新轉向女人。

「一直待在地下街裡，即使開始下雨了、一直下著雨，也毫無感覺，對吧？然而某個時候不經意地看向旁邊的人，發現他手中拿著濕掉的傘，才知道原來在下雨啊。在那之前，都相信地上一定是陽光普照，認爲雨絕對不會淋到自己頭上來。」

眞是傻得天眞呢，女人說：

「很像遭到背叛時的心情。」

女人離去後，麻子注視著往來行人手上的傘，尋思起來。就像她說的，我也一直待在地下街裡。外頭下著傾盆大雨，自己卻渾然未覺。

「對不起，可是我已經不愛妳了。」

充的臉浮現又消失。你等於是突然把我拉出地上，卻說「妳怎麼沒帶傘？」……

4

星期三和星期四，「窗邊女人」都繼續光臨。

每次她都笑道「又落空了」、「沒工作，沒男人，有夠可憐。」

女人的口吻漸漸變得自嘲，令麻子擔心。**她是真的在自嘲**。如果是假裝自己在「嘲笑」自己還好。「其實我沒有在笑」的笑還好。但如果變成「我要嘲笑我自己」，那就危險了。因爲很有可能笑著笑著，就從車站月台跳下去了。

一點一滴的，女人開始變了。抽菸的姿態變得煩躁，咖啡歐蕾開始剩下來，隔著玻璃看人潮的目光逐漸呆滯，就好像在說憑什麼只有你們過得這麼爽？麻子自己或許也露出過好幾次相同的眼神。這麼一想，除了雞皮疙瘩爬滿身的恐懼之外，她不由得感到深切的共鳴。

因此星期四見到女人時，麻子半出於安慰，情不自禁地道出了自己的遭遇。不是只有妳這麼不幸，我也一樣沒有帶傘——她想要這麼告訴女人。

只有這時，窗邊女人甩開了封閉在自身憂愁中的眼神，聚精會神地聆聽麻子的話。

「眞是太慘了。」

「看來是抽到壞籤了。」

兩人說著，不約而同地望向窗外。

「每個人都這麼幸福……」

然後女人說了：

「我一直沒有問妳的名字，對吧？往後我也不會問妳。我也不會說出自己的名字。這樣比較好。爲了將來爬出這個深淵的時候——」

麻子點點頭，稍微放下心來，因爲女人的臉部線條恢復了柔和。

隔天下午，女人在相同的時間推開店門時，麻子向店長徵求同意，休息了三十分鐘。

「五點以後生意會開始變忙喔。」

「好的，我知道。」

麻子將女人平時點的咖啡歐蕾端到她的桌位，很自然地在對面椅子坐了下來。

「咦，今天可以光明正大地蹺班？」

「是的，就像妳看到的，店裡沒客人。」

昨天已經坦露了自己的過去，因此麻子不知道還能再說什麼，也不知道能鼓勵女人什麼。但她覺得現在的女人，需要在咖啡廳裡有個面對面而坐的伴，也覺得自己或許也需要這樣一個伴。我們兩個是在醫院候診室碰巧相鄰而坐、受相同的病痛折磨的病友。
過了一天，在近處看到的女人的臉，滲透出更濃重的疲態。
夾著菸的手今天在發抖。雖然很細微，卻無從隱藏。嘴角也不時痙攣似地抽動。
「我已經快撐不下去了。」
麻子手扶在桌面，上身微微前傾說：
「我覺得妳應該稍微休息一下。就算找不到工作，也不是經濟馬上就會陷入困難吧？」
曾經包養女人的社長，也不可能分文未給就把她給趕走吧。感覺應該會提供一些生活的保障，再與她分手。
但女人猛烈地搖頭，「不是錢的問題。我不想被丟下來。我不想被這個社會拋下。每個人都過得很好，不是嗎？爲什麼就只有我不行？」
「妳只是現在剛好不太順而已。」
「我一直都很不順。一直都很倒楣。爲什麼就只有我一個人這麼倒楣——」
她說到一半住了口，望向玻璃窗。是察覺有誰在看嗎？麻子也循著她的目光看去。
玻璃外是地下街的通道。許多行人穿過視野離去，從右到左，從左到右。人潮另一邊，一名年輕男子停下腳步，像要避開礙眼的人群似地左右移動臉部看著這裡。
麻子認得那張臉。
石川——是這個姓嗎？石川——對，他叫淳史。是公司單身宿舍裡充的鄰居。去年秋天公司舉辦宿舍聯歡的時候，他也和充一起擺攤，穿起圍裙做炒麵。在公司因爲部門不同，偶爾才會在影印室、餐廳，或聯誼的場子上碰到。

「個子那麼高大，膽子卻很小。」充曾這麼評論淳史，「他好像以後要繼承家裡的生意，上班只是出社會修行。」

但即使在公司裡沒什麼交集，淳史也不可能不知道充和麻子婚事告吹的事。

麻子不想見到他，甚至不想和他對望。但是淳史目不轉睛地看著這裡，一發現麻子注意到他，便露出懦弱的笑容。

「認識的人？」

窗邊女人低聲問。那陰沉的聲氣——彷彿突然龜裂般的咬牙嗓音，讓麻子驚訝地回頭。

「嗯……不過不太熟。」

窗邊女人的臉上失去了一切的表情。臉頰緊繃，咬著嘴唇。

接著她憤憤地啐道，「原來妳有男人啊？眞好。」

麻子瞠目結舌，甚至覺得冷不防被重毆了一記。

「不是那樣的……」

麻子連忙搖頭，只能交互看著眼前的女人和淳史。淳史一臉訝異，依然站在原地。

窗邊女人繼續說，「妳自己很幸福，所以可以在心裡頭譏笑我，對吧？妳說的那些，都是妳編出來的吧？」

「不是的，我——」

「妳從一開始就在笑我！」

「不是的，我跟那個人眞的只是認識而已——我自己一點都不幸福。」

麻子緊緊握住雙手。這女的果然瀕臨失常了。她早就知道了。她原本想要設法挽救，這下卻反而是火上加油。

麻子焦急萬分，這時淳史似乎總算決定下一步了。他有了行動。

（不要過來，走開啦！）

然而淳史卻往這裡走來，朝著店門口前進。麻子作勢起身。因爲她不希望淳史在這種狀況靠近她們。

窗邊女人飛快地舔了一下嘴唇，厲聲說：

「欸，介紹一下吧。」

她抬眼看著麻子。

「他叫什麼名字？是哪裡的誰？介紹一下沒關係吧？反正妳跟他只是認識，沒什麼好賣關子的吧？」

淳史推門踏進店裡了。窗邊女人搶先麻子站了起來。她倏地挨近淳史旁邊，開朗地問：

「你是她朋友嗎？」

理所當然，石川淳史似乎搞不清楚狀況。他順著女人明朗的態度，露出客套的笑，微微行禮。

「對。三浦小姐，好久不見了。」他對麻子說，「一開始我還以爲認錯人了。妳來買東西？打擾到妳跟妳朋友了嗎？」

麻子一時說不出話來，她不知道該說什麼好。

好不容易，她只說了句，「我在這裡上班。」

「咦，這樣啊。啊，妳穿著圍裙嘛。我也眞笨，一時沒注意到。妳都好嗎？」

淳史神情平和。麻子瞥見貼在他手肘旁邊的女人表情，內心一陣哆嗦。

女人半邊臉衝著淳史笑，剩下的半邊卻狠瞪著麻子。在眼角牢牢地勾住她的那道目光，似乎充滿了漆黑的惡意。

「妳在上班的話，不方便打擾呢。」

淳史說，似乎自行解釋了麻子不回話的理由，然後急忙把手伸進外套胸袋，掏出名片夾。

「我辭掉之前的公司，現在在我爸底下工作。這是我的聯絡方式。是衣飾的物流公司，也會主辦百貨公司的特賣會之類的，如果妳有興趣的話——」

遞出來的名片在交到麻子手中之前，就被女人一把搶走了。

「也給我一張嘛，可以吧？我是三浦小姐的朋友。我叫森井曜子，請多指教。」

女人厚顏無恥地說著，麻子只是驚訝地看著她的嘴唇。淳史困惑地交互看著她和麻子，臉上依舊帶著笑。

「當然可以。」

然後他再掏出另一張名片，這次塞進麻子手中。麻子拿著名片，只是盯著女人看。應該是總算察覺氣氛不對勁了。淳史笨拙地對麻子說了聲「掰」，彎下高大的身子，向女人點了一下頭，離開店裡。

麻子和女人——剛才自稱「森井曜子」的女人隔著桌子面對面，只是杵著。就彷彿一得知對方的名字，便發現兩人天生就是不共戴天之仇似的。

「有什麼關係？」曜子說，「他又不是妳的誰。」

曜子拎起皮包，將淳史的名片投入其中，「啪」地一聲闔上。那動作看起來就像在說好了，我抓到了。

「他看起來人很不錯呢。」曜子賊笑，「很不錯。」

接著她抓起帳單，「結帳了，小姐。」

5

太異常了，不管怎麼想都不正常。

這整個週末，麻子都在想森井曜子的事。儘管覺得不用去理那種女人，但她就是甩不開。她怎麼會態度一百八十度大轉變？而且怎麼會那樣一廂情願？對麻子說「原來妳有男人啊」時，那種惡意的口吻。不堪入耳的話。

光是回想起來，她就忍不住哆嗦。

麻子還自以為理解她、逐漸與她交心了。即使是不知道彼此姓名的往來──不，正因為如此，她以為可以互訴眞心。

認識女人，讓麻子感覺就像有陌生人伸出雨傘為她遮雨。同時自己也好像扶起了跌倒的人說，我們同病相憐，一起努力吧。

然而只是相識的石川淳史笑著向麻子打招呼，怎麼會讓她整個變了一個人？麻子無法理解。她只覺得太異常了。

麻子幫忙準備晚飯時，裝成不是自己的遭遇，把這件事告訴母親。母親說：

「媽在小時候，戰爭撤退到後方避難時，曾經在田裡摔倒。」

「咦？」

「跟朋友兩個人一起。田裡一片泥濘，而且我們不知道怎麼在這種地方走路，遲遲站不起來。可是媽算是身體健壯的，所以勉強快要爬起來了。結果跟媽一起的那個朋友裝成在泥濘裡滑倒，扯住我的褲管，又讓我摔倒了。」

母親把蔬菜丟進平底鍋裡，扯開嗓門免得被炒菜聲蓋過說：

「如果有兩個人同時遇到類似的災難，麻子，任何人都會想，我絕對不會讓你搶先脫困。」

麻子垮下肩膀，「可是對方誤會了啊。我甚至都還沒辦法站起來呢。」

「咦？原來妳朋友就是妳嗎？」

麻子忍不住瞪著母親，妳明明早就看透了。

「噯，常有的事啦，麻子。」

但麻子無法那樣輕鬆釋懷。即使待在家裡，仍感到坐立難安。星期天的時候，她因爲想念喧囂的人聲，前往銀座。雖然沒有想買的東西，但信步逛逛櫥窗，心情舒坦了一些，「森井曜子」那張臉總算不會頻頻出現在眼前了。

然而進咖啡廳休息時，她又聽見了。聽見女人說她喜歡的那首歌。

Who's that boy
You can always make exceptions
Who's that boy
To give me some affection—

「或許他會愛我」——這句歌詞，令麻子背脊發涼。

星期一，女人又來了。

她在窗邊的老位置坐下。麻子不想靠近，她便向麻子招手。她的神情明亮，幾乎可以說是神采飛揚。

「欸，妳今天上班到幾點？」

「到六點……」

「太好了！那妳下班後可以陪我去買東西嗎？我想買個禮物。妳跟他認識，應該多少知道他的喜好吧？幫我一下嘛。」

麻子感到難以置信，但還是問：

「妳在說誰？」

「咦，當然是石川先生啊。昨天害他破費了，所以我想回個禮……」

麻子瞪大眼睛，「妳跟他見面？」

「不行嗎？」曜子點燃香菸，深深地吸了一口，「我們玩得很愉快。」然後她朝麻子吐出煙來，歌唱似地說，「沒關係吧？妳又不是他的什麼人嘛。」

曜子一直賴在店裡，直到麻子下班。麻子無處可逃，無奈之下，只得陪著曜子去買東西。曜子在百貨公司的男士服飾賣場逛來逛去，最後挑了領帶。深藍色底，手繪山茶花圖案。那近深紅的色澤，很像曜子的口紅顏色。

「送男人領帶，意思是『我套住你了』。」曜子笑道，然後帶著警告意味地瞄了麻子一眼。

「不過，也可以解釋爲『如果你敢背叛，我就勒死你』……」

這天晚上，麻子再三猶豫之後，打了石川淳史名片上的電話號碼。

她並沒有義務。石川淳史已經是大人了，不需要別人雞婆。可是麻子一想到儘管她完全沒那個意思，但以結果來說，可能害他被可怕的女人糾纏上，便覺得無法坐視旁觀。

電話沒有人接。

名片上的號碼是職場的，晚上當然無人接聽。麻子就是急到甚至忘了這件事。她放下話筒，對自己氣惱極了。

然而過了一會兒後，竟是淳史打電話來了。

「我不知道以前的員工聯絡簿丟到哪裡去了，遲遲無法打給妳。」淳史說，「抱歉突然打電話給妳。」

「沒關係，我也正想聯絡你。」

麻子迫不及待地說，淳史聞言壓低了聲音問：

「難道妳是要打來說那個咖啡廳的朋友的事？」

「她才不是我朋友！」麻子忍不住大聲說，「連她叫什麼，我都是那時候才第一次聽她說。欸，石川先生，你星期天跟她碰面了？」

「——嗯。」

「你們約會嗎？」

「是她邀我的……她說妳也會去，三個人一起碰面，所以我才傻傻出門赴約，結果只有她一個人——」

麻子一手按住了嘴巴，怎麼會有這種人？

「這個女人以前鬧出過一些事。我希望你明白，我說這話不是想要挑撥離間還是說人壞話。」

「嗯，我懂。」淳史的語氣變得謹慎，「她這個人感覺有點古怪。很纏人……」

麻子想起曜子「啪」地一聲闔上皮包的動作。**好了，我抓住了**。

「她說為了答謝你請客，買了禮物給你。你們約好要碰面嗎？」

「明天，在新宿我常去的酒吧，約了七點。我本來拒絕了，但她說這次妳眞的也會一起去，所以……可是我總覺得怪怪的，才想要打電話向妳確認。」

「這就是她的技倆！不可以相信！我根本沒跟她約好，她也根本沒有提過。」

「眞的嗎？」

「眞的。告訴我那家酒吧在哪裡，我也一起去。」

淳史簡單地說明地點，但麻子忽然回過神來。

「啊，對不起。」

「怎麼了？」

「如果石川先生有意思跟她交往的話，我這是在多管閒事呢。」

淳史輕笑，「如果我有那個意思，根本就不會打電話給妳。老實說，我很困擾。她甚至在我上班時間打電話來……看她那樣子，很可能直接跑到公司找我，我覺得有點恐怖。」

不只是有點而已。

「對不起，害你扯上這種事。」

「不會啦，這又不是妳的責任。不過，妳剛才說她以前鬧出過問題？」

「我也不是很清楚詳情。石川先生，你跟她聊過工作上的事嗎？聽她提過以前在哪家公司上班嗎？」

「啊，有。叫什麼去了……」

淳史費了極大的工夫，似乎總算想起來了。聽到公司名稱，以及是在東京都內經銷高級進口雜貨，麻子抄了下來。

「不過妳問這些要做什麼？啊，也是，只要問問那家公司，就可以知道以前她在公司的表現了。」

「對，我這麼認爲。」

「那我去問問看。」

「我覺得男人去問的話，對方不會那麼容易透露，畢竟是這種性質的事。沒關係，我去打聽。」

麻子詢問查號台，問出曜子以前任職的公司電話。她在星期二上午打去，接電話的是一個小姐。麻子說想打聽以前在那裡上班的森井曜子，對方說「不太清楚」。

「我好像就是進來補她的缺的，所以……應該只有老闆才知道。可是老闆現在外出不在，他傍晚——大概六點半左右就會回來。」

「那可以請教人事部門嗎？」

對方好笑似地笑了，「這裡就像個人事務所，公司大小事都是社長一個人包辦的。」

麻子沒辦法，只好出門去上班。她不停地看時鐘。

今天曜子沒有現身。既然已經抓到了淳史，就沒必要再來見麻子了，是嗎？

六點半一到，麻子立刻用公共電話打到那家公司。這次接聽的是男聲。

「請問是社長嗎？」

接電話的小姐似乎轉達了，對方問，「是白天打電話來的小姐嗎？我聽說是來問森井曜子的事？她又做了什麼嗎？」

麻子說不出話來。

「喂？」

「她又做了什麼……是什麼意思？」

聽到麻子的問題，社長深深嘆了一口氣。

「三浦麻子小姐，對嗎？森井曜子是怎麼跟妳說她辭掉我們公司的理由的？」

麻子轉述曜子告訴她的情節。社長不愉快地笑了。

「那都是她瞎掰的。」

「什麼？」

「全是她捏造的。什麼她是我的外遇對象，根本是子虛烏有。」

「這……社長會否認是很當然的事……」

社長憤憤不平地打斷麻子。

「要不要相信是妳的自由，但站在我的立場，只能說是頭大極了。我對她一點意思也沒有，甚至沒有私下一起喝過酒。聽清楚了，那個女的是個騙子，活在自己的幻想裡，爲了讓幻想成眞，什麼骯髒的謊都扯得出來。什麼她是我的外遇對象、被我始亂終棄，她到處瘋言瘋言，讓我飽受困擾。那是一種妄想症。」

「妄想……」

「對，或許可以叫做被愛妄想吧。我對她完全沒意思，她卻一廂情願地認定我愛她，甚至找上我家，恐嚇內人跟我離婚。怎麼想都是精神有問題，所以我才會請她走路。」

握著話筒的手好似要脫力了。

『每個人都這麼幸福——憑什麼只有我一個人這麼不幸？』

「喂？妳在聽嗎？」

「是的……」

「給妳個忠告，不要跟那個女的扯上關係。她那是一種病，很危險的。一般感情糾紛就夠麻煩了，但她還會無中生有出根本不存在的男女關係，一個人鑽牛角尖。我也曾經差點被她拿刀刺傷。喂，妳在聽嗎？」

麻子已經沒在聽了。她扔下話筒，衝出電話亭。

淳史都已經詳細說明地點了，麻子卻遲遲找不到那家酒吧。她汗流浹背，膝蓋開始發抖。終於找到酒吧，從玻璃窗外看到淳史和曜子的臉時，她肩膀起伏喘了一口氣。

曜子燦爛地笑著，對淳史說話。杯子幾乎都空了。相對地，淳史幾乎笑也不笑，杯子也是滿的。

兩人憑靠的吧台上，擺著包上包裝紙、別上緞帶的禮物。

店內客人很多。麻子穿過客人之間，走近兩人。她吁了一口氣，然後出聲：

「抱歉我來晚了。」

曜子飛快回頭，笑容固定在臉上，就彷彿凝固了。

「等很久了？」

麻子努力擠出微笑。淳史嘴角泛出笑意，就好像鬆了一口氣。

「還好。」

「妳怎麼會在這裡？」

曜子問，嘴唇扭曲。麻子沒有退縮。

「咦，不是約好三個人一起喝酒嗎？」

麻子迎視曜子，打定主意絕不主動別開視線。她覺得如果別開視線就輸了，事情將會不可收拾。

曜子眨了眨眼，目光移向吧台後方。

「對不起。」麻子竭盡所能平靜地說，「其實我和石川先生不只是認識而已。我對妳撒了謊。這一點我道歉，所以請不要再打他的主意了。不要打擾我們。」

曜子望著別處，冷冷地說，「他說比起妳，他更喜歡我。」

淳史搖頭，「我沒有說。」

曜子拿起杯子，一口氣喝光所剩不多的杯中物，然後整個身體轉向麻子。瞬間，兩人彼此對視。曜子滿不在乎地五指一張，放開了玻璃杯。麻子驚覺縮腳，杯子就落在腳邊，摔得粉碎。客人全都一齊轉頭看過來。

「去死吧。」

曜子撂下這句話，離開酒吧——

6

那個她，現在就站在麻子面前。和那個時候一樣美，臉上散發出與當時判若兩人的平靜神采。

仔細想想，曜子是湊合麻子與淳史的丘比特。因爲有她，兩人的關係才會迅速升溫。

還有那條領帶，深紅色的山茶花圖案領帶，她絕對忘不了。

那個時候，麻子和淳史兩個人被留在酒吧，討論了一下。

「這東西怎麼辦？丟掉嗎？」淳史說。

「可是……丟掉也有點……」

麻子實在沒辦法說「這種東西趕快丟掉」。即使曜子是個病態的大騙子，是個自私自利歇斯底里的女人，她所傾吐的寂寞也是眞的。與麻子內心感受到的情感是相同的。

就是因爲諒解，淳史那時候才會說「交給我來處理吧」……

然而那條領帶現在卻繫在曜子男伴的脖子上。

森井曜子揉絞雙手片刻，悄聲說：

「對不起。」

麻子抬頭看兩人。

「這需要解釋一下。妳在等他，對吧？我們去他看不到的地方吧。一下就好。」

「是啊。」男子同意。是當時忠告麻子說「那個女人很危險」的社長聲音。

「我們演了一齣戲。」

來到離開驗票閘門的地方後，森井曜子開口：

「我的眞實身分，其實是小酒家的媽媽桑。石川是店裡的常客。他還在念書的時候，曾經在我們店裡打工過一陣子，感覺就像我的弟弟。」

麻子忍不住虛軟地靠到牆上。

「妳還好嗎？冷靜聽我說。我眞的覺得很抱歉，不過實在想不到其他方法了，對不起。」

曜子合掌道歉。

「石川從很久以前就一直暗戀妳。妳跟那個叫伊東充的男人訂婚時，他在我們店裡喝到爛醉。所以妳們的婚事告吹的時候，他甚至眞心動怒說要殺了伊東，我費了好一番工夫才勸阻了他。」

麻子雙手摀住了臉。

「我對石川說，麻子小姐已經恢復單身了，你可以去追她了，讓她得到幸福吧，可是他卻說不行。『我以前是伊東的朋友，如果跟我在一起，麻子一看到我就會想起他。而且就算我接近她，她也絕對不可能接受我的。因為她眞的被傷得很深，一定會認為我只是想要趁機撿便宜』……」

雖然沒那個意思，麻子卻不小心笑出來了。確實，如果當時淳史直接來追她，她一定會那樣解釋，傷害對方，讓自己變得更淒慘。

她覺得淳史完全看透了她。

「可是，像這樣彼此猜疑，放任幸福溜走，不是太傻了嗎？於是我說服他，說我會替他安排衝擊性十足的再會，這樣就沒問題了吧？」

眞是累死我了——曜子辯解地說：

「我曾經立志要當演員，也參加過劇團登上舞台，不過那種角色實在很難演。」

妳演得入木三分——麻子在內心說。

曜子仰望一旁的男伴，靦腆地微笑。

「這是我先生，那家公司眞的是他的公司。」

麻子苦笑著點點頭。

「這條領帶原本就計畫要拿來當做小道具的。那場高潮戲的隔天，石川偷偷拿來還我，我送給我老公了。我們一開始就這麼打算的，所以挑了適合我老公的圖案，我也眞是個賢淑的人妻。」

說到這裡，曜子望向麻子。

「妳覺得這也算是背叛嗎？」

麻子歪起頭來。她覺得難過極了，也覺得滑稽極了。

「妳是說地下街的雨嗎？」

曜子怯怯地笑了，「妳還記得。」

她鉤住俯視著她和麻子的丈夫的臂膀，小聲說：

「石川爲了妳，一直拿著雨傘等待著。可是因爲妳的表情一直是『反正都會淋濕，我再也不需要雨傘了』——」

麻子點了點頭，「我得走了。」

她慢慢地走向約好的地點，她想盡量拖延時間。

「麻子！」

是淳史的聲音。聲音慌張極了，不停用手背揩汗。

「妳跑去哪裡了？我還以爲妳眞的迷路了。」

麻子仰望那張毫無保留的表情，沉默了一會兒，然後問，「你在找我？」

「嗯。」

「你在擔心我？」

「對啊，那當然了。」淳史滿臉不可思議地眨了幾下眼，朝麻子彎下身子。「妳怎麼了嗎？」

麻子雙肩一鬆，露出笑容。

「沒事。喏，走吧，我快餓死了。」

走上離開地下街的階梯時，視野一隅似乎瞥見了深紅色的山茶花領帶，以及依偎在一旁的苗條女人。麻子沒有回頭，因此不知道兩人臉上是否帶著微笑。

絕對看不見

這是個視野濛濛的雨夜。

氣溫比白天低了近十度，但無疑已經入春了，因此靜靜站著等計程車來的期間，也不必不停跺腳溫暖腳尖了；然而現在的狀況教人想要這麼做。

這三十分鐘之間，沒有半輛計程車經過。

三宅悅郎偷瞥了一眼站在身後的男子。男子年紀很大了，超過六十──不，也許快七十了。頭髮多處反射出白光，還有臉頰一帶像雀斑的斑點，應該都不是路燈的光線影響。

果然是渚高城社區的住戶嗎？──悅郎想。如果是就好了。是的話，就可以同乘計程車回去了，因爲他們一直只有兩個人在這裡乾等……

身材魁梧，卻有著一副俠骨柔腸──同事和上個月剛結婚的新婚妻子如此形容的悅郎，經常在深夜的計程車招呼站陷入這樣的天人交戰。拋下排在後面等車的人，一個人悠哉離去，就是會讓他內疚得不得了。

「你這人也眞奇怪，有什麼好在意的呢？明明是你先等的。」

妻子道惠笑道。悅郎也笑著回答：

「是這樣沒錯，可是也只是先到了一兩分鐘而已啊。如果後面的是老人家還是年輕小姐，就更覺得不好意思了。」

「你跟我交往的時候，不是常常在銀座還是新宿奮不顧身地攔下計程車嗎？那時候你那洋洋得意的表情，就像在爭奪戰中得勝了一樣。」

「那是因爲那裡是鬧區。會在那種地方攔計程車的，都是來玩的人，沒什麼好內疚的。大家都是平等的。可是公車末班車開走後，在車站前等計程車的人，不一定都是去玩的吧？也許是爲了逼不得已的要事出門……」

「你也太好笑了，想太多了啦。」

就是說呢。我實在想太多了。悅郎瞄了背後一眼這麼想，熱心助人也該有個限度。

可是——

背後的男子側臉對著這裡，恍惚地望著T字路的紅綠燈。紅燈隔著規律的間隔閃爍著。就好像號誌睏倦了，正緩慢眨著眼。悅郎看著那燈光，莫名地一下子便疲憊不堪。

（〈歸途〉（Homeward Bound），記得好像是賽門與葛芬柯的曲子……）

撐傘會覺得沒必要，收起傘，臉頰又會被淋得冰涼，是這種棘手的雨。地下鐵出口處的小鐘指在凌晨一點十分多的位置。城鎮、人、街道和號誌，所有的一切都昏昏欲睡，只有雨似乎不是如此。

後面的老先生沒有撐傘，穿著薄大衣的肩膀處被打濕反光。

如果這裡是郊外的新興住宅區，狀況或許又不同了。公車末班車開走後的計程車爭奪戰，激烈程度與鬧區不相上下，應該沒有餘裕為別人設想。但因為這城鎮接近都心，等計程車的人和過來的計程車都少，才會不必要地代入感情。

「怎麼都不來呢？」

後方忽然傳來聲音。悅郎扭身回頭，看見背後的老先生笑吟吟地看著他。牙齒右上排有顆醒目的金牙。

「是啊，都不來呢。」

悅郎應道，望向道路另一頭。對方突然攀談，讓他覺得有些靦腆。

「向來都是這樣的嗎？」老先生又說，「我很少搭計程車，不太清楚。」

「這種時間的話，差不多都是這樣。」

「沒趕上末班公車，就沒好下場呢。」老先生輕笑，「回家一定會被老太婆罵，說我活該。」

「我也是。」

悅郎轉身面對老先生說。對方的語氣聽起來很舒服，讓他稍微放下心，覺得可以繼續閒聊下去。

「您住在哪裡？」

悅郎問，老先生不知爲何頓了一下，就像在思考。然後他反問，「你呢？」

「渚高城社區，是陸地上的孤島。」

這不是誇大。渚高城社區是橫空出現在填海地上的集合住宅，不管是購物還是通勤，都只能開車或依靠公車。最近的車站是這裡，但深夜十一點五分的紅色小巴開走後，要回家就只能搭計程車了。除非有走上近一個小時的心理準備。

「這樣啊，眞辛苦。」老先生有所共鳴似地點頭應道。

「如果是要往同一個方向——」悅郎提議，「要不要共乘？裝作朋友的樣子，司機應該也不會拒絕。」

老先生微笑，「你這麼做過？」

悅郎忍不住苦笑，「是啊，曾經因爲這樣被我老婆痛罵一頓。」

至今爲止，悅郎總共和別人共乘計程車四次左右，其中一次是和一個剛出社會的年輕粉領族。當然，悅郎沒有任何歪念頭，年輕小姐應該也是仔細考慮過，覺得悅郎看起來可以信任，才答應他的提議的。

然而隔天早上悅郎喝著咖啡，輕描淡寫地說出這件事，道惠卻鼓起腮幫子氣憤不已。悅郎眞心感到訝異地說：

「我又沒做什麼壞事。」
「我知道。可是這樣真的讓人很不高興。居然跟年輕女生共乘計程車，你到底在想什麼？不可以再這樣了，好嗎？」
悅郎這人有些擇善固執，因此妻子的「讓人不高興」無法說服他。
「妳不相信我嗎？」
「不是這樣。」
「那時候計程車招呼站只剩下我們兩個啊。我們等了整整一個小時呢。如果我直接離開，搞不好那女生得一個人在凌晨兩點的三更半夜再繼續等上一小時呢，這樣不是很危險嗎？所以——」
「我知道！」道惠把手上的抹布砸在桌上大聲說，「可是我就是不舒服。別的女生會怎樣，我都不在乎。她們怎麼樣都不關我的事。那個女生也是明知道晚歸可能會遇到危險，才跑出去玩的，所以不管遇到什麼事，都是自做自受，你沒必要替她擔心，懂嗎？不要隨便跟陌生人扯上關係。你成熟一點，好嗎？」
道惠沒有再繼續說下去，因此沒有演變成嚴重的爭執。但那番說詞，悅郎到現在依然有許多無法釋懷的地方。他還是覺得道惠那種心態是錯的。也許是因爲心底有這樣的想法，悅郎雖然是帶著笑，但還是頗爲條理分明地將當時的對話告訴了老先生。
聽完後，老先生眼角的笑紋擠得更深，愉快地笑了。

「你真是個好人。」他低聲說。

「我太太好像覺得我就是個傻呼呼的老好人。說我幼稚。」

「就是這部分意見分歧吧。你提議共乘的時候，也不能保證不會有女人曲解你的用意啊。」

「眞是綁手綁腳呢。」悅郎說，老先生哈哈笑出聲來。然後他目不轉睛地看著悅郎說：

「總之，你太太爲你吃醋，眞的很可愛，生她的氣就太可憐了。」

老先生的表情和溫柔的眼神，讓悅郎忽然想起一個人。是去年夏天的同學會，相隔十五年再會的國中導師。當時老師也像這樣開心地、溫柔地笑著……

老先生很快地收起了笑容，小小聲地、自言自語似地說：

「我運氣太背了。」

「咦？」

悅郎忍不住反問，老先生打馬虎眼似地別開視線，說：

「不過，計程車連個影子都沒有呢。」

接著他微微歪頭提議：

「要不要走一下？在這裡枯等，感覺會一路站到早上。」

「好啊，說的也是……」

那麼，他也是要回去渚高城社區嗎？

「走吧。」

老先生催促，跨出腳步。確實，那裡是渚高城社區的方向。悅郎遲疑了一下，跟了上去。但跟上去之前，與其說是依依不捨，更是出於一種慣性，他轉頭回望身後——

他看見一輛亮著空車紅燈的計程車靠近過來，滑行似地慢慢駛近招呼站。

「啊，來了！」悅郎忍不住大喊，「車子來了！」

他對老先生說，轉身折回招呼站。計程車靠近了。可以一清二楚地看見中年司機一邊嚼著口香糖，一邊操縱方向盤。

明明沒這個必要，悅郎卻舉手向計程車打信號。他覺得司機看到了，車子慢慢開了過來。

然而車子沒有要停下來的樣子。計程車慢速滑過，即將經過招呼站。

「咦？喂，等一下！」

悅郎用力揮動雙手攔車，車子卻沒有停，司機的臉甚至沒有轉動。計程車經過招呼站幾公尺後，便忽然加快速度回到車線中央，一下子便駛離了，就好像要甩掉追趕的悅郎。

悅郎整個人目瞪口呆。

「怎麼這樣？」悅郎對老先生說。老先生站在人行道旁。「居然拒載，太過分了。應該把車牌記下來的。」

悅郎生氣地說，老先生望著計程車離去的方向，說：

「是沒看到吧。」

「什麼？」

「他沒看到我們。」

「可是……」

被老先生這麼一說，剛才的計程車也像是看到招呼站沒有半個乘客後，才加速離去——也可以這麼解讀。

但司機不可能沒看見悅郎啊？

「走吧。」

老先生說，慢慢地跨出步伐。悅郎在原地站了半晌，毫無意義地瞪了耐性十足地繼續眨眼的紅燈一眼，總算開始往前走。

「我小的時候養了一隻狗。」

默默地並肩走了快十五分鐘吧，老先生略微俯首，目光低垂，開口說了起來。

只要沿著蜿蜒的公車路線走下去就到了，因此不必擔心迷路，但悅郎還是不由自主地偶爾東張西望。相反地，老先生的腳步維持一定，即使遇到轉角或岔路，也沒有猶豫的樣子。

霧般的細雨仍然下個不停，但它的冰涼已經不太讓人在意了。比起呆站著，走動果然比較好。

夜闌人靜的深夜城鎮就像一顆雞蛋，宛如固若金湯、無法侵入的物體，將人們柔軟的身體完全包覆在內。直到早晨來臨，或是帶來黎明的聲音響起，封閉這物體出入口的智能般的機制才會讀出其中正確的密碼，判斷「可以打開了」，在這之前，則是確實地阻隔外界，守護著許多人的安眠。

悅郎和老先生就像信步走在它的周圍的一對寂寞的步哨。

「什麼樣的狗？」

悅郎沒什麼興趣，但還是順著老先生悅耳的低沉嗓音問。

「是一隻混種狗。大概兩、三代前是純種柴犬，只是這樣而已。不過那隻狗很可愛。每天早上我出門上學，牠都會到門口送我。」

「叫什麼名字？」

「小六。因爲從我祖父那一代算起來，是我們家養的第六隻狗。」

老先生家還眞愛狗。悅郎覺得他們家一定有寬闊的庭院，問：

「老先生是哪裡人？」

「我是這裡人。」老先生說，輕抹了一下額頭。皮膚被雨打濕了。「我是土生土長的在地人。不過戰爭的時候，我和兩個弟弟因爲學童疏散，被送到大後方。」

聽到這話，悅郎忽然覺得一旁的男人年紀好老。不會吧，難道他要開始講古，說起戰爭時期的回憶嗎？

不過看來不必擔心這一點。老先生稍微清了清喉嚨，接著說：

「小六一直活到我成年。牠活得非常久，我甚至還開過玩笑，說搞不好這隻狗是不死之身。」

「是因爲你們把牠照顧得很好吧。」

老先生微笑，「是嗎？牠眞的是我珍貴的朋友，但我也不記得特別呵護牠還是怎麼樣。」

老先生就這樣懷念地眯起眼睛，就好像看見小六在這片細雨的另一頭搖著尾巴。

「我們家以前養過小家鼠。那也很可愛。」悅郎說，想要延續話題。「牠很親人，會在我手上吃飼料。我都餵牠吃葵花籽。」

然而老先生卻對悅郎這話置若罔聞，「小六過世的時候，發生過奇妙的事。」

悅郎覺得有點掃興，接不下話，結果老先生抬頭看他。

「你猜是什麼事？」

「不知道耶……」

悅郎眞的毫無頭緒。他開始覺得，或許這個老先生不可貌相，是個話匣子，而且有些不顧別人感受，只想講自己的。

「有一天我帶牠出門散步，」老先生說，「結果牠想要跟著一個從來沒見過的陌生人走。就算我用力拉繩子制止，牠也高高抬起前腳，拚命把頭往前伸。」

以一直養在同一戶人家的家犬而言，這樣的行動確實令人費解。

「真的是不認識的人嗎?會不會是以前的飼主之類的……」
「小六剛出生沒多少就被我們家收養了,除了我們家人以外,不可能有其他主人。」
老先生斬釘截鐵地說,不知爲何輕嘆了一口氣。悅郎說:
「那,對方應該也嚇了一跳吧。」
「是啊,是啊。」老先生點點頭,「對方很害怕。那是個年輕小姐。」
咦?悅郎詫異,「難道那位小姐後來變成你太太嗎?」
老先生戲謔地揚起雙眉,嘴唇大大地咧笑開來,再次露出顯眼的金牙。
「是啊,你居然猜到了。」
「是狗締結的良緣嗎?眞是段佳話。」
居然把人生中的愛情戲碼告訴只是偶然在計程車招呼站一起等車的陌生人,這位老先生果然是個話匣子。不過由此看來,他或許也是個豪邁的人。悅郎吃吃笑了起來。
「我安撫小六,向內子——後來變成內子的那位小姐道歉。我拚命解釋說我家的狗很乖,請她不要害怕。因爲她看起來就是那麼害怕。」
「她討厭狗嗎?」
「不是的。她會害怕,是因爲其他的理由。」
老先生說,步伐第一次有些亂了套,就好像他準備要說的內容實在太沉重,將它送到嘴邊時,忍不住踉蹌了似的。

「她說她認得小六。她這陣子一直夢到這隻狗。夢到這隻狗很親近她，她也覺得很可愛，兩個人玩得很開心，可是這隻狗很快就死了。」

悅郎停下腳步。老先生仍繼續走，因此兩人拉開了兩、三步的距離。悅郎大步追上去。

「好像鬼故事。」

原來如此，老先生是這種類型的人嗎？計程車司機裡也常有這種人，那種會說「最近我遇到奇妙的事」的人。

「沒錯……很可怕。」老先生說。那表情彷彿完全不在乎悅郎落後了又追上來一樣。

「那個時候，我和內子彼此說著『眞有這麼奇怪的事呢』，揮手道別了。她經過斑馬線過馬路，而我拉著小六，回到平常散步的路線。但小六哼哼唧唧，不停扭頭想要去她那裡。我想要拍牠的脖子讓牠冷靜，一不小心鬆開了牠的牽繩。」

悅郎情不自禁地屛息等待下文。

「小六追著她衝出馬路，被車子撞死了。」

這個結局好似早在預料之中，也像是意料之外。

「因爲是那個年代，說是車子，也是自動三輪車。從此以後，內子就非常討厭那種車。她說後來出現更好的貨車，那種車從馬路上消失，她才鬆了一口氣。」

兩人走到橫跨寬闊的幹線道路的十字路口。只要經過這裡，就形同進入渚高地社區內了。一想到家就在眼前，悅郎的腳步恢復了活力。

「眞是件奇妙的事。」悅郎客套地附和，「如果告訴公司裡的女生，她們一定會很開心。她們都很喜歡聽鬼故事。小六等於是爲你和太太牽線之後才過世的，也算是一段美談吧。」

老先生沒有回話，只是舉手抹去額頭的水滴。那水滴看起來也像是汗水，而不像雨滴。怎麼會流什麼汗呢？

「這件事長久以來，對我和內子來說，一直是個謎。」

夜黑之中，出現渚高地社區的白色建築物。只有最上層的一道窗戶還亮著燈。再上面是閃爍的紅色航行燈。除了這兩個光源以外，建築物就宛如聳立在夜裡的巨人墓標，一片蒼白、平坦。

「小六怎麼會去追趕完全不認識的內子呢？——這件事一直是個謎。但是就在五年前，這個謎終於解開了。」

「解開了嗎？」

悅郎想，這是他第一次聽到謎底揭曉的鬼故事。

「是的，解開了。因爲內子的朋友遇到了類似的事。」

那個朋友某天和兒子媳婦還有孫子一起去遊樂園。在那裡排隊等遊樂設施時，忽然有個約小三年紀的男生莫名地親近她。

「當然，是完全不認識的小孩，從來沒見過面。但內子的朋友想起來了。她想起這幾天幾乎每天晚上都會夢到一樣的夢。在夢裡，親近她、和她一起快樂地玩耍的男孩，就是眼前這個男孩。」

聽到這裡，悅郎第一次感到毛骨悚然。他告訴自己，是因為被雨淋濕的緣故。這種綿綿細雨，會讓人冷到骨子裡——

遠方傳來低吼般的聲響，聽起來就像有特大號的蒼蠅在十公里外飛行。

「那個孩子死掉了。」老先生說。語調平板。「他坐了雲霄飛車，結果心臟麻痺死掉了，聽說父母還告上法院。」

「你說死掉——是死在太太的朋友面前？」

「對，沒錯。」

兩人默默走了一段路，悅郎感覺特大號蒼蠅飛舞的聲音慢慢接近。

「你才剛結婚，對吧？」

老先生突然問，悅郎瞪圓了眼睛。

「什麼？」

「你剛新婚吧？」

老先生的眼睛變紅了，就好像稍微哭了一下。

「對，我才剛新婚一個月。」

「這樣啊。」老先生喃喃說道，再次自言自語，「我運氣太背了……」

即使是個性溫和的悅郎，也忍不住心裡發毛，動氣地問：

「你剛才也說了一樣的話，到底是什麼意思？聽了很毛耶。」

但老先生完全不理會悅郎的話，彷彿沉浸在自己的思緒中。一會兒後，他聲音平坦地說：

「結婚的時候，你聽過『命運的紅線』的傳說嗎？也就是人從一出生的時候，小指就以紅線和結婚對象相連在一起。」

宛如蒼蠅振翅聲般的低吼變大，悅郎也能分辨出那是什麼聲音了。啊，是引擎聲。又是飆車族嗎——？

老先生仰頭望天，以面龐承接著彷彿從烏雲中滲出來的細雨說：

「那個傳說是眞的，然後也有相反的情形。」

「相反？」

「死神。」

老先生完全不看悅郎。

「這樣說或許殘酷，但也只能這麼形容了。就像我們會以紅線和結爲夫妻的人相連在一起，我們和爲我們送終的對象，也以絲線相連在一起——應該是黑線。」

老先生凝視著自己的手，就好像上面眞的有條線。悅郎也反射性地看自己的手，明明上面不可能有任何東西。

「大部分的情況，爲我們送終的，都是家人或配偶，也就是以紅線相連的對象。換句話說，我們和廝守到最後一刻的對象，以紅線和黑線兩條線相連在一起。大多時候都是如此。不過**也有並非如此的情形**。」

老先生的肩後出現某種光線。是車頭燈。車燈不斷靠近，引擎聲也明確地大聲到可以形容爲轟隆巨響——

「有時候，有些人會以黑線和並非紅線的對象相連在一起。爲他送終的是以黑線相連的人——換句話說，是那個人的死神。遇到那個人，親密交談的時候——如果是動物，就是摸摸頭疼愛的時候——就是那個人的死期。而且是由並不親近的人送終的死，也就是橫死。以黑線相連的人，會切斷那條線，**切斷你和這個世界的連繫**——」

悅郎感覺背部被一隻濕黏的手撫摸，哆嗦起來。

「我運氣太背了。我也很難受的。」老先生表情扭曲地說，「因爲看來我必須成爲你這麼好的人的死神。爲什麼呢？爲什麼是你和我呢？沒有人知道。宿命這回事，似乎就像個無比遼闊的遊戲盤或拼圖，你我都無法找出我們兩人之間的共同點或因果關係；但從命運之神的眼中看來，也許你我是最適合並排在一起的相同的圖案。所以我們相遇的時候，才會對彼此感到懷念。因爲覺得邂逅了命中注定的另一半，所以小六才會親近內子，所以死去的孩子才會親近內子的朋友。**啊，總算找**

到了，找到我的另一半了。正因爲這麼想，正因爲找到了由於相遇而完整的命運圖案。但自己是看不見的。絕對不可能看見。你最後看到的，只有以命運的剪刀剪斷黑線的你的死神——」

唐突地，老先生說了聲「再見」。他倏地轉身離去。悅郎雙手垂在身側，只是茫然佇立，覺得老先生的背影突然令人懷念不已。不能讓他離開，還想再跟他多聊一會兒，悅郎只有這個念頭。

「喂！等一下！」

悅郎跨出馬路，想要跑向那裡。就在這時，呼嘯的引擎聲和撕開黑暗的車頭燈——

三宅悅郎赫然驚醒。

電車已經到站了。這裡是終點站，同一個車廂的乘客都魚貫下車了。自己是在哪一站睡著了？悅郎匆忙走出月台，喘了一口氣掩飾難爲情。如果再晚一點醒來，就要被站員搖醒了。

不過這個夢還眞怪。心臟還在怦怦跳個不停。如果告訴道惠，可能會害她擔心。居然夢見自己死掉？才剛新婚而已，太不吉利了。

穿過驗票閘門之前還有不少人，然而走出馬路，前往計程車招呼站時，只剩下悅郎一個人了。今晚末班電車上的渚高城社區的住戶，似乎只有他一個。

悅郎打開折疊傘。

這是個視野濛濛的雨夜。

氣溫比白天低了近十度，但無疑已經入春了，因此靜靜站著等計程車來的期間，也不必不停跺腳溫暖腳尖了，然而現在的狀況教人想要這麼做。

這三十分鐘之間，沒有半輛計程車經過——

3

chapter

默契

『碼頭上的死亡跳躍

一家四口連車墜海　疑似攜子尋短』

鄰家主婦．矢崎幸子的說法：

「他們一家子都滿安靜的。大兒子小明讀小四，因爲是男生，正值頑皮的年紀，不是嗎？所以有時候會被他媽媽罵，只是這樣而已，像我們家有兩個女兒，卻比片瀨家要吵鬧多了。太太也是很文靜的人，每次遇到，都會很禮貌地寒暄……不過她話滿少的。

「先生也是，喏，不是常會開玩笑說一個人像咕咕鐘的鳥嗎？他就是那種感覺，每天早上準時七點出門，晚上八點回家。我都跟我先生開玩笑，說都可以用片瀨先生來對時了。咦？哎唷不是啦，我才沒有觀察他們，只是我們家就在樓梯旁邊，自然會知道住戶進出的情形而已。眞的啦。是啊——他們一家子感情還不錯吧。我們也在這處集合住宅住很久了，那樣的太太眞的很少見。」

片瀨滿男的同事・津野宏的說法：

「聽說是意外事故，不是嗎？咦？自殺？帶孩子自殺嗎？唔，我不清楚耶。沒錯，他突然被調到陌生的業務部門，有段時期相當煩惱。片瀨本來是技術圈的人嘛。不過就爲了工作——就算再怎麼爲工作煩惱，會因爲這樣就帶著孩子一起死嗎？應該不至於吧？做父母的絕對不可能做出這種事吧。母親的話，喏，因爲跟孩子一心同體，所以會覺得留下孩子太可憐，跟孩子一起死，可是父親應該不一樣吧？怎麼說，父親應該會更冷靜……會比母親更客觀地看待孩子。物理上也是，不是一天二十四小時都跟孩子黏在一起，所以父親應該沒辦法強迫孩子一起死。什麼？先說服太太，然後兩個人討論，決定一家子——唔，或許也是有這個可能，不過我在報紙上看到，車子墜海的時候，有人聽到太太尖叫，不是嗎？那應該就不是同意一起死了吧？果然還是意外啦。報紙寫什麼攜子尋短，太缺德了，眞希望他們有點媒體道德。」

片瀨靜子的母親・伊藤梅子的說法：

「……前一天靜子打電話回來，說要全家一起去兜風——完全沒有在煩惱什麼的樣子。我覺得他們相處得很融洽。滿男是個老實人，說到嗜好，就只有出門寫生而已，也不會賭博什麼的……不打小鋼珠、也不打麻將。完全沒有欠債。應該沒有——對，她說那天要全家去迪士尼樂園。小明和由美也接了電話，說要買禮物給外婆……抱歉，請不要再問了。還有喪禮那些要處理，我實在……」

轄區警署交通課員警・天野文雄的說法：

「據目擊者指稱，片瀨一家四口乘坐的車輛從碼頭衝進海裡之前，車子搖搖晃晃，左右蛇行。關於這一點，現場勘驗的時候，也從碼頭柏油路面上的車胎痕證實了。駕駛座上好像也有拉扯的痕跡，因此應該是片瀨想要把車子開進海裡的時候，坐在副駕駛座的太太想要阻止，發生拉扯吧。車子撈上來的時候，車門完全關閉，車窗也全部緊閉。兩個小孩在後車座，但墜落時的撞擊讓他們掉到前方，遺體和母親疊在一起。

「——不過，有一點相當奇妙。就是安全帶。太太繫著安全帶，但片瀨沒有繫，是解開的。如果是片瀨想要全家同歸於盡，只有他一個人決心赴死，太太和兩個小孩只是無辜受牽連，應該會是相反的狀態才對吧？應該是片瀨繫緊安全帶，太太的安全帶解開——或是有試圖解開的痕跡——爲了逃出車子。如果不是這樣，就說不過去了……但現在四個人都死了，無從證實，實在遺憾。只能祈禱他們安息了。」

片瀨明的同學・三好健司的自言自語：

「阿明死掉了，不能玩綁架遊戲了。」

片瀨滿男的部下・柳亞由美和同事的對話：

「他說要帶我去巴黎，結果也落空了……不過巴黎也沒什麼好稀罕的啦。又不是法國畫家尤特里羅，兩個人一起寫生？實在太白痴了，股長眞的把我美大畢業的學歷想得太誇張了。一開始我覺得他這人好像不錯，結果實際交往一看，中年大叔全是一個樣。妳最好也小心點。沒錢就沒緣，如果交往的對象不是那種可以瀟灑放手的人，可是後患無窮喔。妳也不想看到歐吉桑哭哭啼啼的樣子吧？」

鄰家主婦．矢崎幸子的說法：

「片瀨太太人是很文靜，可是怎麼說，有點糾纏不清，滿恐怖的。對了，我想起來了，有一次啊，跟我要好的四樓太太——名字我就不說了——不小心忘了垃圾場值日的事，結果沒去打掃。那個時候跟她一起値日的是片瀨太太，結果接下來好一陣子，只要在大廳擦身而過，片瀨太太就會惡狠狠地瞪我那朋友呢。在超市之類的地方也是，覺得好像有人在看，轉頭一看，發現是片瀨太太遠遠地瞪她。太恐怖了。過了一陣子以後好像就沒有了，不過只不過是忘了一兩次垃圾場值日罷了，何必呢？人家又不是故意忘記的。」

片瀨明的導師．淺香洋子的說法：

「片瀨媽媽很重視孩子的教育。不過她不是那種會罵小孩，或逼孩子做什麼的家長，她似乎會想要讓孩子發揮潛力。小明算數很好，她似乎很引以爲傲。妹妹由美也是，雖然才讀小一，但聽說已經可以輕鬆讀寫三年級程度的漢字，讓導師很驚訝。

「是啊——這完全是我個人的印象，她是個責任感很重的母親，對自己很嚴格，對別人的要求也一樣嚴格。她曾經明確說過，任何事情都一樣，她討厭不負責任、馬馬虎虎。也不是愛講道理，我覺得她應該是個很純粹的人。是個很了不起的母親。」

片瀨明的同學・三好健司的自言自語：

「不知道投進信箱裡的恐嚇信有沒有被警察看到……？萬一被媽媽知道，一定會被罵慘的。」

片瀨滿男的部下・柳亞由美與同事的對話：

「他居然說要跟老婆離婚，跟我結婚呢，誰受得了啊？我才剛相完親，就快釣到一個三高男，正在爲此開心，股長實在是……什麼『我過去的人生是一場錯誤，我要跟妳重新來過』，簡直教人全身爬滿雞皮疙瘩。而且都快四十了，才說什麼要開始學素描、當畫家，他是認眞的嗎？

「——欸，不過妳會覺得股長是因爲被我甩了，所以才跑去自殺嗎？不會吧？不可能嘛，對吧？要是這樣的話，他應該會一個人去死嘛。居然帶小孩一起上路，太說不過去了。」

片瀨滿男的高中朋友・元木佑介的說法：

「我本來就幾乎不去參加同學會。我們學校是升學高中，以前的同學幾乎都考上一流大學，進了一流企業，成了日夜打拚的企業戰士。相較之下，我只是個初出茅廬的插畫家，勉強才能養活自己，而且都三十八了還沒結婚……老實說，實在是自慚形穢。所以今年我會參加年後的同學會，怎麼說，也算是一時鬼迷心竅嗎？最近我在小說雜誌畫插圖的機會增加，工作也漸漸上了軌道，所以我比以前更有自信了一點，有臉去參加了——確實是有這樣的部分。不過實際去參加，我才知道我眞是太看得起自己了，根本沒有人看過我的作品，那些人根本不讀小說雜誌。

「這些同學裡面，只有片瀨一個人對我的工作表示興趣。他很熱心地聽我說話，我也多少誇大了一些——坦白說，畢竟人還是愛慕虛榮的——道別之後，我才覺得丟臉極了。所以同學會後過了三、四天，他打電話給我的時候，我再次嚇了一跳。他說他看了我的作品。還特地去圖書館和書店找刊登的雜誌呢。我覺得很開心，但也很有罪惡感。

「『你眞的好努力，眞令人羨慕，可以做喜歡的事謀生，這眞是最幸福的人生了。其實我也想辭掉工作，靠繪畫養活自己，所以你的成功給了我很大的鼓勵。』

「聽到他這樣說，我眞是整個人慌了，跟他說這條路可不輕鬆，我是爲了面子，才淨說些好聽話，但現實是很殘酷的。但他好像已經下定決心了。我問他是不是已經跟太太商量了，他說：

「『我和內子的人生觀已經從根本上南轅北轍了，跟她說也是白費力氣。』也許他打算跟太太離婚。會不會是談離婚鬧翻了……？這只是我不好的想像啦。」

大野心理診所所長．醫學博士大野良夫的說法：

「我們和近代住宅販賣公司簽有專屬的心理諮商契約，今年已經是第五年了。一直以來，我們都很努力營造出讓每位員工都能輕鬆前來諮詢身心健康問題的氣氛。也許是努力有了成效，女員工都會在公司下班時順路過來看看。像頭痛、失眠、煩躁、生理不順等等，很多都是起因於職場人際關係帶來的壓力。

「片瀨先生第一次來，是從設計部門調到業務部門大概三個月的時候，應該是半年前吧。站在公司的立場，應該是想要培養具備技術知識的業務員，才會有這樣的人事安排，但就我個人的意見，不太贊同這種做法。若是這樣的話，只要在業務員與顧客進入具體談判時，帶技術部門的人同行就行了。

「片瀨先生說，因爲他不擅言詞，因此業務工作讓他覺得不勝負荷。雖然不到精神衰弱那麼嚴重，但他睡不好，白天也會頭痛，因此我開了比較輕的精神安定劑給他。他來過兩、三次，中間大概相隔一星期到十天。第三次來的時候，他說他開始全心投入嗜好的寫生活動，應該是休閒活動讓他的精神煥然一新，他整個人變得開朗許多，而且也明確地說他不需要再服藥了。轉換跑道？當畫家？哦，這我第一次聽說。他完全沒有向我提過這類事情。

「——唔，這個問題很難。就我而言，我不認爲過世的時候，片瀨先生的精神處於異常的狀態。他第三次來看診，是兩個月前的事，後來我就沒有看過他了。但他進入不同於以前的設計部門的新環境，壓力很大，這是事實，因此如果除了工作以外，又出現讓他感受到莫大壓力的事，這樣的心理壓力累積起來，或許是有可能讓他突然因爲某些事而失控。

「不過，那是一起意外吧？」

鄰家主婦．矢崎幸子的說法：

「咦？片瀨先生有小三？公司裡的人這樣說嗎？喔，傳聞喔。這樣啊，原來是這樣啊。沒有啦……片瀨先生的感受，我也不是不能體會啦。因爲片瀨太太人眞的很陰沉……」

片瀨滿男的妹妹．片瀨百合子的說法：

「我哥說他想離婚。他第一次提起這件事，大概是三個月前的時候。他說他喜歡上別的女人……是職場的部下。他說對方二十二歲，我聽了很生氣，罵他說這太誇張了，但他完全聽不進去。

「我沒有直接和嫂嫂靜子說過這件事。我實在說不出口啊。不過我哥好像提過離婚的事。好像是半個月前吧，我爲了別的事打電話過去，嫂嫂旁敲側擊地問我這件事。

「『妳哥有沒有跟妳說什麼？』我傻裝問，『說什麼？』結果嫂嫂就含糊其詞帶過去了。

「嫂嫂是個很棒的主婦，我覺得她對我哥仁至義盡了。只是她雖然犧牲奉獻，但是在各種意義上，對我哥的要求也很嚴格。離婚這種事，她絕對不會點頭答應的。嫂嫂一定會覺得『我沒有任何過錯，你怎麼可以提出這麼不負責任的要求』。」

「這麼說來，有件事讓我非常驚訝。就是我聽到我哥和嫂嫂討論決定什麼事的時候，都一定會留下書面證據。像是今年暑假要帶家人去沖繩、冰箱要用冬季獎金買、買哪個機種等等。聽說是嫂嫂說如果只是口頭答應，很容易說說就算了，所以要留下書面證據。明明是家務事、夫妻間的事，卻這麼鄭重其事呢。嫂嫂在我哥晚歸，自己先上床睡覺的時候，如果有什麼事要交代，也會一條條列出來，留給我哥。『一條條列出來』耶，不覺得很恐怖嗎？聽到這件事的時候，我覺得我哥好可憐。」

片瀨靜子的朋友・山田紀子的說法：

「這一個月之間，靜子和她先生的關係好像每況愈下。她都逐一告訴我了……

「確實，在外面有女人，她先生也有錯。而且還說什麼要辭掉工作當畫家，簡直是痴人說夢，但我認爲靜子也有不對的地方。

「她說她不想讓小孩看到爸媽爲了離婚的事吵架，所以都用寫信的跟丈夫溝通。還說留下書面可以當成證據，這樣比較好。我勸她這種做法太不留情面了，不要這樣，可是她就是要這麼做。

「『片瀨有責任扶養我和孩子，現在才說什麼有了別的女人、比較愛那個女人，又能怎樣？我絕對不會接受那種沒道理又不負責任的說法。』靜子很堅持。她不是感情用事的人，所以老實說，我覺得片瀨先生應該也很辛苦。

「有一次，她跟我說過這樣的事。談判離婚的時候，片瀨先生對她說，『每次聽到妳說我有義務扶養妳們、我有義務保護家庭，我就覺得自己像個囚犯，覺得自己的人生被拿去抵押了。』靜子聽了非常生氣，但我覺得有點了解片瀨先生的心情……我先生的說法是，『只要是有家庭的男人，每個人或多或少都會有這種感受。家庭固然重要，但同時也是個枷鎖，有時候我也會覺得自己是拖著腳鐐在過活。可是這種話絕對不能說出口。做丈夫的不應該這樣說。』」

轄區警署交通課員警・天野文雄的說法：

「從海裡打撈上來的車子裡，有疑似片瀨先生的小波士頓包。裡面有他們住的集合住宅的權狀、印章、住宅貸款的各種相關文件，還有存摺。這讓人弄不懂是怎麼一回事。明明是要帶孩子出遊，怎麼會帶著這種東西一起去……？去迪士尼樂園好像是太太的提議，不過他們之前到底討論了什麼事……？」

片瀨明的同學・三好健司的自言自語：

「小明突然說他要去迪士尼樂園，搞不好忘記要玩綁架遊戲的事了。明明都說好我會一大清早把恐嚇信放進他家信箱了，眞糟糕，不知道那封恐嚇信怎麼了。」

集合住宅附近的超商店員：

「那個星期天早上片瀨先生來過。眼睛布滿血絲，一副睡眠不足的樣子。他喝了一杯咖啡，我記得他的手在發抖。那果然是已經下定決心要帶全家共赴黃泉了嗎……？時間嗎？很早，大概七點左右吧。」

片瀨明的導師・淺香洋子的說法：

「哦，綁架遊戲嗎？（笑）好像在孩子之間很流行。不是什麼危險的遊戲。大概三個人一起，分別扮演人質角色和綁匪角色，當綁匪的人要先向人質送出恐嚇信，宣布『我要綁架你』。然後人質要依照綁匪的要求，準備贖金——說是贖金，也不是什麼大不了的東西，像是漫畫、條碼對戰遊戲機使用的條碼等等，這類物品——總之要聽從綁匪的指示。沒有警察角色。所以人質除了是人質以外，也同時必須拯救自己才行。現代小孩不會一大群人一起玩，所以才會像這樣一人扮演兩個角色。

「然後交付贖金的部分，這是重頭戲，會約在公園長椅、圖書館、集合住宅的停車場等各種場所。人質必須依照綁匪指示，把贖金藏起來，或是丟在、放在某些地方，但綁匪也不能直接去拿，這就是雙方鬥智的關鍵。因爲不知道綁匪何時會從哪裡現身，因此很驚險刺激，好像就是這部分有趣。如果人質順利逮到綁匪，成爲自由之身，就是人質獲勝。人質也可以逃亡，但如果贖金被搶，綁匪跑掉，就算平手。若是人質和贖金都被悄悄現身的綁匪搶到手，就是綁匪獲勝。是這樣的遊戲。

「投寄恐嚇信這部分或許有點過火，不過如果用打電話的，可能被父母聽到對話，囉嗦地干預，所以他們說用寫信的比較像一回事。

「小孩子很會發明一些異想天開的遊戲，對吧？」

片瀨家訂報的派報社派報員的說法：

「那個星期天早上，我去送早報的時候，在片瀨家的信箱裡發現一封信。那時候大概六點半吧。我送完那棟集合住宅的報紙，騎上自行車的時候，看到片瀨先生剛好走下樓梯。他連星期天都很早起呢。」

協助喪禮的片瀨滿男的表哥．佐野隆治的說法：

「垃圾桶裡有一封撕掉的信。撕得很碎，沒辦法完全拼回原狀，但可以看出大概的內容。

『我已經綁架你了。我要求你全部的財產做爲贖金。如果不付，你將永遠得不到自由。』

「內容很恐怖，對吧？我嚇了一跳，到處問人，結果小明的導師告訴我『綁架遊戲』的事。現在的小孩怎麼會玩這種恐怖的遊戲呢？而且還是用文字處理機打的呢，眞的嚇死我了。」

片瀨明的同學．三好健司的自言自語：

「我偷偷用了爸爸的文字處理機，要是被發現，一定也會挨罵的。」

負責片瀨家喪禮的葬儀社社長的內心獨白：

（辦小孩子的喪禮實在教人難過。雖然是工作，但實在討厭吶。不過夫妻吵架，卻帶著小孩子陪葬，實在太狠心了。一定是哪一方說了絕不該說出口的話吧。）

片瀨靜子的朋友．山田紀子的說法：

「靜子應該要求賠償，跟丈夫離婚就好了。不，她應該跟丈夫好好談一談的。明明生活在同一個屋簷下，卻用寫信溝通，根本是反效果。」

來上香的轄區警署交通課員警．天野文雄與上司的對話：

「如果想要恢復自由之身，就拿出錢來。」

「咦？你說了什麼嗎？」

「沒事。」

「什麼拿出錢來——」

「你還單身，可能還不懂吧。」

「不懂什麼？」

「身為提款機的父親，等於是被家人抓住了人質。」

「喔……」

「或許片瀨是想要透過支付贖金，來逃離這種狀況，所以他的安全帶才會是解開的。**他想要付**

清贖金，逃離那個家。」

「——在前往迪士尼樂園的途中嗎？」

「只是順勢變成那樣而已，所以車子才會蛇行，衝進海裡。」

「………」

「那種話是絕對不能說出口的。什麼贖金、人質，絕對不可以拿來說。不管是握有人質的人，還是被抓住人質的人。這種事情不必說，雙方也心知肚明，所以不可以說出口。要是不小心說出口，就會變成這種下場。」

片瀨滿男的部下．柳亞由美與同事的對話：

「欸，不是我害的吧？不關我的事吧？」

片瀨明的同學．三好健司的自言自語：

「小明怎麼會死掉呢？」

4

chapte

串音干擾

電話打來了，我抬頭看壁鐘。凌晨兩點半。就像妹妹說的，一分不差。

鈴聲響個不停。顯示來電的紅燈忙碌地閃爍著。我催促妹妹，要她拿起話筒。

「喂？」

在知道對方是誰以前，妹妹只應了這一聲。聲音也很低沉。她在防備。

妹妹將話筒緊貼在耳邊，眉頭深鎖。然後她回頭看我，不停點頭，果然是那傢伙。

我站起來走近電話。妹妹用手掩住話筒，匆匆細語：

「就跟平常一樣，噁心。眞是個噁心的傢伙。」

我接過話筒，挺直了背說：

「喂？電話換人聽了。啊，請不要掛。我是你每天三更半夜打電話來的這支電話的女生的哥哥——不要掛、不要掛。你總是對我妹說，你只是想要聊一下而已，對吧？還說只是聊聊，有什麼關係，陪你聊一下又不會死。既然如此，今晚我就來陪你聊吧。」

「卡鏘」一聲，對方掛斷了。我拿著話筒看妹妹。她正在摘下瞳孔放大片，指頭輕輕拉開大眼睛的眼皮，做出可愛的鬼臉。

「掛掉了。」

「沒關係，等一下他又會打來了。每次都這樣。」

「妳一個人的話，或許他會再打來，可是聽到男人接電話，他應該會警覺吧？搞不好今晚他會放棄。」

我將話筒掛回電話。妹妹坐在她喜歡的椅子舒適地休息。她解開綁成辮子的長髮，甩了一下頭，讓頭髮披散在肩上。不管什麼時候看，那頭髮絲都眞的好美。

「一般常識對那種人是不管用的。他絕對不會放棄。等著瞧吧，他一定又會再打來，罵說爲什麼叫妳哥接電話。要我打賭也行。」

如果我眞的打賭了，我就得買東西給妹妹了。三十分鐘一秒不差，電話又開始響起。

「他一定是以爲哥回去了，又只剩下我一個人了。」

妹妹拿起話筒，又「喂」了一聲。接著皺起眉頭，飛快地伸直了手將話筒拿遠，就好像話筒會噴出口水似的。

「看吧，他生氣了。」

我將遞過來的話筒拿到耳邊，聆聽對方的聲音。

「喂，妳這個叛徒！爲什麼叫妳哥聽我的電話！還有，我話都還沒說完，妳敢掛我電話？妳才沒有這種權利。我說要跟妳說話，妳就要聽我說，懂了沒？」

口齒相當清晰，應該不是喝醉了。對方連珠炮似地說著，應該眞的是口沫橫飛。好髒。眞悲慘的男人。

「你可能想跟我說話，但我有一堆可以聊天的朋友，才沒空跟你這種人說話。都這麼晚了，平常我都睡了。正常人都是這樣的。」

妹妹以平靜的口吻這麼回答，對方就像要遮掉她的語尾似地怒吼：

「可是我想跟妳說話！所以妳有義務陪我說話！就算妳掛我的電話，我也會繼續打！」

「可是我不想跟你講話，所以我介紹另一個想跟你說話的人，不要掛喔。」

妹妹宣告說，再次把話筒交給我。我忍不住嘆了一口氣，接過話筒，按在耳邊。

這半個月左右，每到深夜兩點半就打電話來騷擾妹妹的男人，是眾多潛伏在這個世上的陰森的電話魔之一。

一開始妹妹一發現是惡作劇電話，便立刻放下話筒，就像指導手冊上說的那樣。然而對方鍥而不捨地打來。不過這種反應，也完全就像指導手冊上所說的。

接到第四、五通電話時，妹妹決定採取下一個步驟。也就是試著與對方對話。

「欸，爲什麼你要在這種時間打電話來？我很睏欸。」

結果對方發出憋住怪笑的聲音說：

「妳在睡覺嗎？沒穿內褲，對吧？穿著透明長睡衣嗎？」

據說他會說這種話。

這下就沒什麼好猶豫的了。

妹妹進一步依照指導手冊上說的行動。她聯絡這支電話的管轄警署，報出自己的姓名和電話號碼，說明狀況。

接到妹妹的聯絡，管轄警署立刻成案，製作檔案。然後追蹤中心開始監視線路。中心的工作人員都很優秀，只要監視，就可以查出撥出惡作劇電話的號碼。

接下來就看對方如何出招。妹妹只是丟著不管——也就是沒有任何挑釁的發言——然後靜靜觀察對方是否仍然陰魂不散地打來，如果還是繼續打，就將這件事報告管轄警署。如此一來，管轄警署就會做出裁決。

這種情況，對於透過監視線路查到的電話號碼持有人，會確實查核是否有前科等等，因此裁決不會出錯。總是正確無比。

最後就輪到我所屬的小組登場。坦白說，這不是什麼愉快的工作。但爲了讓一切圓滑地進行，總是得有人來做。

我盡可能發出和悅的聲音，開始向對方說話——

你好。剛才我也說過，我是你打電話的女生的哥哥。請不要掛喔。我眞的有話要跟你說，而且也有話要問你。

我妹妹跟我說，你打來的電話讓她很困擾。妹妹說，你對她說了很下流的話。還有，你用的電話好像是無線的，聽說你拿著電話進廁所，故意讓我妹聽你小解的聲音？

喂？喂？不要不吭聲，說點什麼啊。我妹說的是眞的吧？就我來看，你這個人眞的相當奇特，你自己覺得呢？

啊，不要掛。就算你掛了，我還是會打過去。咦？不可能？不，可以的。反偵測沒有你想像的那麼難。當然，不用叫警察或電信局幫忙也做得到。你要掛斷試試看嗎？還是我告訴你你的電話號碼？366局的×××，對吧？

看你不說話，應該是猜對了吧。嚇到了嗎？

好了，這樣就可以好好聊一聊了。好好聽著，這對你來說也是很重要的事。

啊，對了，在那之前，我想確定一件事。你每次打電話給我妹，都會說「妳有義務聽我說話」，這是眞的嗎？你是我妹的朋友嗎？不是？那你們完全不認識呢。關於我妹，你就只知道她的這支電話號碼。就連這支號碼，都沒有登記在電話簿上，是你隨便亂撥，誤打誤中的吧？

那麼，這也很奇怪。因爲眞的說不過去啊。光是亂撥陌生人的號碼，要求「陪我說話」就已經夠厚臉皮了，居然還說「妳有義務聽我說話」，你以爲你是誰啊？你是把全世界所有的女生都當成了你的後宮嬪妃了嗎？而且還是三更半夜打來耶，你眞的以爲可以這樣隨便把別人吵起來——

你掛我的電話？不過你看，我可以重新打給你。所以才說即使你掛電話也是白費工夫。再說，你最好聽我說完這件事。這是爲了你好，所以不要再掛了喔。

好了，接下來要進入正題了。這是我的朋友的朋友的遭遇，是眞實事件。名字不能告訴你，不過是眞正發生過的事。

我的那個朋友，假設他叫雄司好了，這樣比較容易說明。

雄司是大學生。校名和科系就不用交代了吧。他在課業上算是滿認眞的，因爲在我接下來要說的事件之後，他順利畢業，找到工作了。

雄司因爲家離大學很遠，所以在外面住宿。他寄住在朋友家裡。那個朋友——嗯，就叫他武志好了。

武志和母親兩個人住。父親一個人調到遠地工作，所以家中有空房，即使讓雄司寄住在家裡，也沒有任何問題。

然而寄住在武志家約一個月左右的時候，雄司發現了一個問題。

也就是武志每到三更半夜，就會到處打惡作劇電話，藉此爲樂，非常糟糕。

住在同一個屋簷下，而且年輕的雄司是個夜貓子，很快就發現這件事了。一開始他以爲武志是打給女朋友，但仔細想想，武志連個女性朋友都沒有。武志外表和雄司半斤八兩，卻不知爲何沒什麼朋友。沒錯，即使是男性，除了雄司以外，武志也幾乎沒有半個朋友。

其實雄司自己和武志也是在打工的超商認識的，並不是交情多好的朋友。寄住的事也是，因爲武志邀約得太熱情，他拒絕不了才答應的。雄司和武志興趣不同，會去玩的地方也不一樣。其實武志幾乎沒有任何休閒嗜好——除了三更半夜打色情電話騷擾別人以外。

武志這個人眞的很糟糕，對吧？

雄司陷入尷尬的立場。但因爲武志幾乎每天晚上都打下流電話，所以他還是勸過兩、三回，叫他別再幹這種蠢事了，但武志聽不進去。他只是怪笑著說，就只是打電話而已，又不會曝光，他愛講什麼都無所謂。

但不是這樣的，其實意外地很容易曝光的。雖然不知道武志怎麼會開始沉迷於這種惡作劇，不過惡果已經一點一滴確實地累積在他身上了。

當然，並不是接到惡作劇電話的人前來報復。不過每到三更半夜就耽溺於這種反社會行爲的事實，扎扎實實地反映在武志的面相上，以及全身散發出來的氣質上。因此女生都覺得他噁心，不願靠近他。女生只會用看色狼的眼神看他。她們是在本能上感受到他的惡劣品性了吧。這讓武志很不爽，又繼續打色情電話騷擾，這就叫做惡性循環吧。

總之，雖然一方面過著應該很愉快的校園生活，背地裡武志的騷擾行爲卻逐漸變本加厲。最後他甚至對電話另一頭的陌生女生威脅恐嚇。

「明天晚上六點，妳要拿一百萬圓到新宿站東口來。如果敢報警，我就拿硫酸潑妳的臉。」然後沾沾自喜。

雄司不知道該怎麼辦，曾經找武志的母親商量。

然而武志的母親卻只是生氣。她暴跳如雷，只差沒當場把雄司掃地出門。

「那該不會是你自己幹的醜事吧？然後想要賴到武志身上。我們家武志才不會做那種下流的事！」

若要為她辯解，因為武志家是用子母電話，每個家人的房間都有一支子機，因此只要關上房門，不管誰跟誰講什麼電話，其他人都不可能知道，但做母親的人居然會如此遲鈍嗎？雄司說，他認為武志的母親甚至沒有要矯正孩子的念頭。

總之，由於這次失敗收場的會面，雄司被下了通牒，要他當天搬走。武志不願意失去這個唯一的好哥兒們，拚命居中調停，但雄司也有些受不了他的惡習及完全不思悔改的態度，因此決定依照武志母親的意思搬走。他在大學附近找了間廉價公寓，開始一個人獨居，覺得快活極了，甚至後悔怎麼不早點這麼做。

然而，「你愈跑，我愈追」這樣的比喻，似乎不光是適用於男女之間的狀況，武志開始糾纏起雄司來。他不停邀雄司再一起住，或說母親很煩，提議雄司在外一起租公寓。

雄司總是冷冷拒絕。雄司有很多朋友，沒多久也交到了女朋友，因此沒空跟武志牽扯不清。武志開始遠遠地注視著每天都過得很開心的雄司——用那種遭到背棄的女人遠遠地看著前男友婚禮的眼神。

後來過了約半個月，雄司的女友向他訴苦，「這陣子我常接到噁心的電話。」雄司大吃一驚，細問之下，從女友說的內容發現犯人就是武志。

雄司的女友住在家裡，所以比較沒有戒心，會把自家電話號碼告訴別人，或填在名簿上。武志就是找到她的電話，開始打電話騷擾她。甚至還威脅她，「如果妳不跟雄司分手，我就拿剃刀割妳的臉。」

得知這事，雄司也眞心動怒了。某天他終於逮住背著他鬼祟行動的武志。不管怎麼譴責逼問，武志都只是傻笑。

「你有證據是我打的嗎？」他甚至滿不在乎地說，「你女朋友那種醜八怪，誰要去惹她啊？」眞是個無可救藥的傢伙。

兩人在大學附近的咖啡廳談判。那是一家有著大玻璃窗、光線明亮的店。兩人坐在離窗邊有些遠的桌位。

隔著一塵不染的玻璃，可以看到路上的行車和往來的行人，還有戶外放下來的紅白條紋大遮陽棚。是都市裡隨處可見的景色。

可是有個長相可愛得令人驚豔的孩子，就趴在那片玻璃窗外看著這裡。

咦？什麼？啊，你在笑。沒關係，請儘管笑吧。如果你聽到後續，應該就笑不出來了。

呃，說到哪裡去了？對了，有個長得非常可愛的小孩目不轉睛地看著雄司和武志。雄司注意到了，但武志沒發現。因爲他背對著窗戶。

雄司自己也定定回視那女孩。然後他發現小女孩不是在看他，而是在看武志。

那是個頂多十歲左右的孩子。如果和雄司站在一起，身高應該連他的手肘都不到。嬌小玲瓏，臉蛋精緻得讓人看了著迷。看起來像小女孩，但頭髮剪得短短的，劉海長度差不多齊眉，長得就像女兒節的娃娃。

不過那孩子一身黑衣。

雄司指著窗外問武志：

「喂，你認識那孩子嗎？」

武志回頭，「你說誰？」

沒錯，就在武志回頭的短短一瞬間，那孩子便消失無蹤了。就在雄司的注視下，彷彿關掉開關、切掉圖像一樣，一眨眼就不見了。

雄司那時候也以爲是他眼花了。因爲除此之外無法解釋，也覺得沒什麼好深思的。雄司與武志的談判最後是雞同鴨講，但也許是被雄司的狠勁嚇到了，後來武志沒有再繼續打電話騷擾雄司的女友。

然而過沒幾天，雄司又看到了長得一模一樣的小女孩。

這次是上課的時候，地點是階梯教室，雄司坐在最上面一階，武志坐在中間左右。

那女孩又貼在窗外看著教室裡面，這次也是在看武志。武志沒有發現，他在看黑板。

雄司完全聽不進去教授的聲音，直盯著女孩看。女孩一動也不動，小小的雙手攀在窗框上，就像在觀察動物園的大象或長頸鹿那樣，聚精會神地看著武志。

但這間階梯教室在三樓，而且窗外沒有陽台。

雄司的心臟怦怦亂跳起來，汗水從腋下流淌下去。明明距離炎熱的季節還早。

下課鐘響時，他嚇得差點叫出來。他屏住呼吸，瞪大了眼睛。

你也猜到了吧？沒錯。鐘聲響起的同時，那個女孩又消失不見了。

從此以後，那個女孩的身影便深植在雄司的心裡了。他開始猜想，我是見鬼了嗎？不過如果是鬼，那麼女孩一直盯著武志這件事，就令人耿耿於懷了。難道是武志做了什麼殘害年幼女童身心的惡行嗎？

武志的話，很有可能——這是雄司的結論。

被害女童因此死不瞑目，變成鬼出來作祟了——？

因此雄司開始監視武志，好確定那個女孩是不是又會出現，以及調查武志是否有什麼可疑的行動。

如果武志會對女童上下其手，甚至殺害她們的話——雄司說他想到這裡，幾乎快吐出來了。如果武志眞的做出這種事，絕對非要他罷手不可。但是又沒有證據可以報警，只能自己調查了。

因此儘管情非所願，但雄司恢復了與武志的朋友關係。武志沒有發現雄司的眞心，看起來爲此頗爲開心。雄司的女友埋怨他怎麼又跟那種人當朋友，雄司只能以「我有現在無論如何都不能說的苦衷」來說服她，請女友擔待。

武志這個人一如既往，就像沒人打掃的廁所一樣令人作嘔，也沒有停止打惡作劇電話。不僅如此，他現在還會特別鎖定一名女人，竭盡所能地騷擾爲樂。如果對方受不了，換了電話，他還會想方設法查出新的號碼才甘心。

而武志的母親依然什麼都沒發現，眞是太悠哉了。

就像雄司預料的，後來那個女孩仍頻繁出現。而且她確實就是在看武志——不，監視武志。在大學裡、在電車裡、在遊藝中心，還有在武志的家，雄司都看過她。女孩有著黑白分明的大眼，面無表情，只是專注地、彷彿那裡有她想要的東西似地，觀察著武志。

奇妙的是，武志本人似乎無法看到她。

這件事是在初夏的某一天確定的。武志說母親去找外地的父親，一個人在家，邀雄司到家裡玩。

雄司興沖沖地赴約了。因爲這是趁機調查武志房間的大好機會。

但實際上，雄司一直沒有機會獨處。他奉陪著武志無聊的話題，裝出聆聽的樣子，卻是心不在焉。

到了傍晚，機會終於來了。武志說要去沖澡。

雄司一個人留在武志二樓的房間，躡手躡腳、屏聲斂氣，卯起來翻箱倒櫃，但結果不甚理想。武志沒有寫日記的習慣，壁櫃裡除了挖出數不清的黃色書刊和色情錄影帶以外，找不到任何可疑的物品，或是他對女童下手的證物。

雄司正在調查，沖完澡出來的武志在樓下喊他，說要一起喝啤酒。

雄司無可奈何，雖然依依不捨，還是下去一樓了。武志拿著冰涼的鋁罐，站著暢飲啤酒。雄司自己也開了一罐，坐在廚房椅子上。

「啊，熱死了。」

武志說著，踱到走廊去，坐到樓梯最下面一階，「這裡特別通風，很涼。」

雄司決心既然如此，即使有些危險，也要直接向武志套話，設法問出蛛絲馬跡。因此他一臉若無其事地跟了過去。

傍晚已經過去，夜幕開始降臨。廚房亮著燈，但其他房間都已落入昏暗。雄司站在武志旁邊，不經意地望向樓上好斟酌距離時，在通往二樓的黑暗中看到某個東西。

是膝蓋。

有人坐在樓梯最上階。兩個白色的膝蓋規矩地並排在一起。不過二樓的房間和走廊都是暗的，因此膝蓋以上沒入黑暗當中，完全看不見。

啊，又是那女孩——瞬間雄司想。因爲那對膝蓋非常小巧。

終於跑進家裡來了。

雄司盯著樓上，站著不動，因此武志問他：

「你那是什麼表情？在看什麼？」

「有人坐在那裡。」

「咦？」
「你看。」
武志聞言仰望樓上，片刻之後說，「沒東西啊？」
但雄司看得到一動不動的膝蓋。他眨了幾下眼，問武志：
「你眞的什麼都沒看到？」
「沒有啊。」
雄司用力咬了咬牙，立下決心，飛快地打開了樓梯燈。他的動作之猛，甚至讓幾乎沒喝的啤酒罐裡的液體潑出來濺到拇指。
樓梯上沒有人。
但燈亮起來的前一刻，幾乎是一眨眼的轉瞬間，雄司覺得好像看到某種有形的物體倏地從階梯站起來，逃往裡面的房間。他覺得看到了白如魚肚的什麼東西一晃而過。
來不及深思更多，雄司已經跑上樓梯了。他咚咚地奔上樓梯轉角處，衝進武志的房間，打開電燈，站在沒關的門口——
掛在武志房間牆上的電話機，顯示來電的圓形綠燈亮了起來，話筒離開了機身。就好像有什麼東西一躍而入，逃進話筒，導致話筒脫離了機身。
雄司慢慢從地上撿起話筒。拿到耳邊，裡面傳出嘟嘟聲響。綠燈已經熄了。
「你是腦袋不正常了嗎？」武志說。

雄司說，當時的武志笑得很下作。雄司想，武志在打惡作劇電話的時候，一定就是用這種聲音笑著對電話另一頭的女生說話。

總而言之，這下就清楚武志看不見雄司看到的那個神祕女孩了。

這天晚上，武司邀雄司過夜，但雄司拒絕，回家去了。因爲老實說，他很害怕。

武志說要去車站附近的影片出租店，一起出門送他到半路。雄司和武志並肩走在一起，即將轉彎看不見武志家前，他實在無法克制衝動，回過頭去。

已經熄燈的二樓武志的房間窗戶，有一道朦朧的人影。影子的輪廓呈現人的上半身，但非常嬌小。

人影緊貼在窗上。雙掌用力按在玻璃上，五根手指的形狀一清二楚，所以只有那裡呈現白色。

看起來好像吸盤——雄司想。

喂？啊，太好了，你還在聽。這故事很長，你聽累了嗎？我自己說得也有些累了。不過只剩下一點點了。

自從這件事以後，雄司整個人迷糊了。那個女孩是鬼魂嗎？如果是的話，她怎麼會透過電話進出？

想著想著，他忽然靈光一閃。那個女孩是不是電話的精靈？

如果是的話，會消失在電話裡也說得通了。那個女孩是電話的精靈，因爲武志拿電話去做下流骯髒的行爲，讓她氣得出來作怪……

咦，你在笑？不過這並非荒唐的臆想。

你想想看，有線電話被發明出來，是一八七六年的事。做爲一種媒體，還非常年輕，甚至可以說幼小，所以它的精靈會是小孩子的外形。

啊，你居然哈哈大笑。好吧，無所謂。我可以繼續說嗎？

爲了證實這個假設，雄司先去問了武志：

「喂，你最近還在三更半夜打惡作劇電話嗎？」

武志笑了：

「講小聲點啦。」

「你還在打？」

「當然啦。有什麼不好？我都乖乖地繳電話費，接到電話的人也滿開心的呢。」

雄司完全無法認同武志的說法，但沒有反駁。

雄司好幾次想，自己的這番猜測或許太奇幻了。然後某天他要求女友絕對要保密，說出了一切。

一開始女友笑了。但看到雄司沒有跟著一起笑，依舊一本正經，那張可愛的臉罩上不安的陰霾，說：

「雄司，你是累了。是不是別再跟那種人繼續往來比較好？」

她伸出白皙光滑的手觸摸雄司的額頭。

「你好像發燒了。」

「才沒有。妳覺得我是看到幻覺了嗎？」

「不是，應該眞的有那個女孩吧。可能是別人的妹妹，或是他的堂妹或表妹。只是這樣罷了啦。什麼電話的精靈，又不是童話故事。你想太多了啦。」

是嗎？雄司也忍不住動搖了。這個週末，雄司借了父親的車，戴女友去海邊兜風。心情舒爽了許多，他覺得武志和他身邊忽隱忽現的小女孩都不重要了。

然而星期一雄司經過校園要去教室時，武志從身後衝過來抓住他說：

「愈來愈有意思了！」

「怎麼了？」

「星期五晚上，我隨便打的電話被一個女的接到，她好像一個人住，每一次打都是她接的，最後居然給我切到答錄機，可是還是她的聲音，所以被我知道她姓結城了，有夠笨的啦。」

「你還在搞那種事？」

雄司忍不住感到窩囊。武志會洋洋得意地跑來向他報告這種事，表示他認爲雄司也覺得這種惡作劇很好玩——至少是默許他這種行爲，沒有不惜翻臉也要制止的決心。雄司覺得很不甘心，我才不是這種爛人。

「成天搞那種事，不會有好結果的。」

「沒事啦沒事。這次那個叫結城的女人滿有骨氣的，說什麼『我把你的聲音都錄下來了，要拿去報警』、『我的男朋友是黑道』、『我會查出你的電話』，罵得可凶了，超有意思的。這整個週末，不管是晚上還是白天，興致一來，我每隔十分鐘就打過去，連打好幾個小時呢。就算她切到答錄機也不管，就一直講一直講，灌爆她的錄音帶。這樣一來，就算有人打電話找她有事，也沒辦法留言了，對吧？眞爽。」

這傢伙腦袋有問題——雄司看著武志佈滿血絲的眼睛想。就是每隔十分鐘打惡作劇電話，才會睡眠不足吧。

這天雄司盡量遠離武志。因爲他開始覺得就像女友忠告的，不要跟他有所牽扯，才是聰明的做法。

然而不巧的是，傍晚雄司和女友一起去校內的室內游泳池游泳時，發現武志在那裡。

這座泳池是大學的設施，游泳隊和其他運動社團沒在使用的時段，會以低廉的價格開放給一般學生使用，因此非常熱鬧。穿著五顏六色泳衣的女學生發出歡呼，潑灑水花。

武志就站在泳池的隔板另一邊，目不轉睛地看著這些女生。

「太可怕了。」雄司的女友說，「我們走吧。我絕對不想被那種人看到我穿泳衣的樣子。」

雄司覺得女友的話天經地義，決定離開。然而就在這時，他發現隔著泳池，就在武志的正前方，站著那個女孩。

女孩隔著泳池，又在目不轉睛地看著武志。

「喂。」雄司輕戳了女友一下，「妳看那邊，不是有個小女孩嗎？妳看得到嗎？」

女友點點頭，「有啊。」

兩人悄悄折回池畔。女孩一動也不動，武志依然直盯著泳池裡的女生。

「就是那女孩，我常看到那女孩。」

女友說「好可愛的女生」，然後有些納悶地說：

「不過我覺得年紀沒那麼小啊？那是大人的長相，只是身材嬌小了一點。」

「是嗎？」

「可是眞的很漂亮，是個美少女。」

雄司拉著不情願的女友往武志那裡走去。即使出聲招呼，武志也只是抬眼瞄了他一眼，兀自沉迷於欣賞泳池春光，連聲像樣的招呼都沒有。

雄司拿捏時機，細語似地說：

「泳池那邊有個超漂亮的美少女，從剛才就一直在看你，你沒發現嗎？」

「咦？哪裡？」

武志急忙抬頭，東張西望。雄司指向女孩的位置。他的女友滿臉不悅地癟著嘴不說話。

「哪裡啊？沒有人啊？」

武志不服氣地說，雄司的女友聞言驚訝地睜大了眼睛。

那個女孩一直待在同樣的位置。就在泳池另一頭，武志的正前方。

但武志看不見女孩。

「原來你也會被騙。」

聽到雄司這麼說，武志作勢要打他，趁機把雄司女友的胸部看了個飽。

「我們走吧。」

女友催促，雄司離開了。他覺得後頸發麻。

「他真的看不見那個女生耶。」

「妳總算相信了？」

出去戶外之前，雄司再次回頭，想要確定那個女孩在那裡，發現她正要往另一邊的出口走去。那裡通往寄物室，沒有走出戶外的門。

「妳待在這裡。」

雄司交代女友，追向女孩。女孩的小腳以意想不到的速度不斷遠去。雄司全力奔跑，總算在樓梯轉角處追上了她。

「喂！」

雄司出聲，小女孩停步了，對著另一頭站著不動。留著短髮的後頸肌膚白得不像人。

樓梯轉角處很陰暗，除了兩人以外沒有別人。遠遠地不時傳來泳池的水聲和熱鬧的人聲，在高聳的天花板上迴響著。

雄司慢慢地走下樓梯，緊張到心臟隨時都快從嘴巴裡蹦出來。他自己也不知道怎麼會怕成這樣。

小學的時候，讀完恐怖漫畫，熄了燈，一個人入睡，半夜裡忽然醒來，發現壁櫃的門不知怎地竟整個打開了。那漆黑的、宛如血盆大口的黑暗讓人無法轉開視線，但又不敢起身開燈或關上櫃門，結果只好就這樣瞪著壁櫃的門，全身不停發抖、汗流浹背，直到天亮——後來雄司說，看到女孩的背影時，他有了完全相同的感受。就是如此令人恐懼。

但追上女孩時的雄司，已經不是小學生了。他硬著頭皮跳下樓梯最後三階，抓住女孩的肩膀。

結果女孩主動回頭了。

就在看到女孩的臉的那一瞬間，雄司失聲尖叫。

女孩的臉蛋依舊那樣精巧，但眼睛不一樣。她的眼睛就像兩團白雪，沒有瞳孔。

雄司的尖叫聲止息的時候，女孩輕笑了一下，開口：

「這個週末。」

下一瞬間，她已經從雄司面前消失了。雄司赫然回神，追趕上去，只看到寄物室外的綠色公共電話話筒正悠悠地搖晃著，就好像有人用手輕推搖動它。

喂？你在聽嗎？咦？好像有點串音干擾。我聽到別的聲音。你的電話常會串音嗎？

這個週末。雄司思考女孩這句話的意思，推測一定是在預告這個週末武志會發生什麼事。他下定決心，自己非要在場不可。

雄司問這個週末可不可以去過夜，武志開心地答應了。他說剛好他母親又去外地的父親那裡。

「你又要打電話給那個叫結城的女人嗎？」

「當然了。她逗起來超好玩的，你也要試試嗎？」

到了週末夜晚，武志開始打電話時，雄司幾乎是全身爬滿雞皮疙瘩看著他。

武志眞的是每隔十分鐘就打。這樣對方根本無法安眠。

武志時不時喝啤酒潤喉，大概連續打了兩個小時，不停說些下流至極、一點都不好笑的笑話，滿口污言穢語。

當武志房間的鐘指向凌晨兩點時，雄司忽然覺得周圍的空氣變冷了。背脊涼了起來。

「咦？是洗完澡受涼了嗎？覺得冷冷的。」武志也說。

雄司覺得是到了鬼怪會出來作祟的夜半時分。

武志撥打第十三、四通電話的時候，那個叫結城的女人一接電話就掛斷了。武志握著話筒笑：

「她差不多快崩潰啦。」

然後——

「咦？」武志盯著話筒，「在嘀嘀咕咕什麼。」

他把話筒貼上耳朵，皺起眉頭，就像要聽出遙遠的聲音。

「眞奇怪，她應該掛斷了啊。串音嗎？」

他用力把話筒貼在耳朵上，接著突然開始大叫。因爲武志實在嚷嚷得太大聲，雄司一時聽不出他在說什麼。一直到武志的身體出現變化，他才發現出了什麼事。

「好痛！好痛！」武志是在這樣叫。這也是當然的，他的左耳被話筒扯住了。武志想要把頭拉遠，結果耳朵就像橡皮一樣拉長，耳根子都充血變紅了。

「救我！」

武志才叫了一聲，整個頭部左側便撞向話筒，整個人收勢不住，倒在地上。然後他掙扎著想要拔開話筒。

雄司動彈不得。他全身僵硬，膝蓋發抖，也發不出聲音，只是看著眼前這一幕。

就在雄司面前，武志一點一滴、但千眞萬確地，被吸進話筒裡面了。首先是頭部左側，就像被吸盤吸入一般，變形、壓扁，毫不留情地被拉進去。

然後左眼消失了。把武志吸進去的，是貼在耳朵的聽筒部分，話筒本身並沒有異狀，看在雄司眼中，它就像是在吸走武志口中擠出來的痛苦哀號。

武志的頭有一半被吸了進去，仍激烈地不斷掙扎。他左手抓著話筒，持續做出設法拔開的動作。右手也加入，拚命使勁。雄司這才注意到他節骨分明的手臂浮現青筋。

武志的頭黏在話筒上，因爲痛苦和驚駭，開始在整個房間瘋狂跳竄。他撞到桌子，推倒椅子，踢踹牆壁。結果電話線被扯成直線，一下子就從牆上的水晶頭插座被扯下來了。武志翻了個筋斗，倒在地上。

即使如此，話筒仍持續將他吸入，就好像蛇吞入獵物那樣，或吸塵器吸入大型垃圾那樣。武志掙扎著揮舞雙手，抓到雄司的腳，拚命抓上來。雄司死命踢開他的手，就像要甩開走在路上被吹到腳上的垃圾。雄司被一腳踢開，滋溜一聲，頭部左側消失在話筒中。

武志不停地喊著雄司，只剩下一隻的右眼四處亂轉尋找他的身影。他的眼底整個充血，眼角堆積著血淚。快幫幫我啊！懇求的聲音都變了調，但雄司依然動彈不得。

吸入頭部左半側後，話筒似乎受到了鼓舞，一眨眼就把武志整顆頭顱吞進去了。慘叫聲戛然而止。

接下來是脖子。吸到肩膀的時候，速度慢了下來。話筒就像生物般甩著頭，卯足全力設法吸入這個大獵物。武志的手在半空中揮抓著，抓住話筒拚命要扯開。雙腳不斷地蹬著地面，死命踢踹。

左肩消失在話筒中的時候，發出沉重的一聲。雄司呆呆地想，是肩膀骨頭斷裂了。

左肩被吸進去了，因此左手失去了自由。它不斷被吸入，只是像魚鰭一樣空虛地拍打著。不久後，波的一聲，右肩也消失不見，再次傳來劈哩啪啦的聲響。逐漸被吸入的右手狠命刨著地板，試圖力挽狂瀾，卻是白費工夫。話筒在手腕的地方卡了一下，無力張開的手掌由於被吸入的壓力變得赤紅，片刻之後，高壓讓五根指頭同時噴出細絲般的鮮血來，手掌也被吸了進去。噴灑出來的血也濺在白牆和武志喜歡的少女裸體月曆上。

接下來就不花什麼工夫了。武志依舊抵抗，但力量愈來愈微弱。雄司最後看到的，是膝蓋以下同時被吸入之前，直到最後一刻都瘋狂地在半空中踢蹬的武志的雙腳——穿著破舊牛仔褲的雙腳，就好像在跳著排舞似的。

將武志整個人吸入以後，話筒停止了動作。它掉在地上。整個房間寂靜無聲，只聽得到雄司自己氣喘如牛的呼吸聲。

這時，話筒——吸入武志的部分冒出了一隻小巧柔軟的白手。只有手肘以下。是右手。那隻手靈巧地扭動著，抬起話筒的握把部分，靠自己的力量將它放回了電話機的掛勾上，傳出「喀鏘」一聲。

然後，一切都結束了。

雄司不知道自己在那裡癱了多久，才終於能夠行動。他好不容易坐起來，爬向電話。他不敢碰。絕對不敢碰。

電話看起來平凡無奇。只有「5」的數字鍵旁，留下了必須凝神細看才會發現的小紅點。是武志的血，與濺上牆壁和月曆的液體一樣的鮮血。

地上還掉了一樣東西。雄司撿起來，仔細端詳，才發現那是什麼。是被吸進聽筒時掉下來的，武志的右手食指指甲。

雄司瀕臨極限了。他摀住嘴巴，衝下樓梯，逃出這個家。

從此以後，他再也沒有靠近武志的家。武志就此下落不明。

故事很長，但差不多要結束了。咦？你在嘆氣？

雄司一個人思考了很久，想要理解他所目擊到的情景。

那個女孩果然是電話的精靈。她無法原諒武志把電話和線路用在下流噁心的行爲，所以現身懲治。她會監視武志，應該是爲了確定武志到底是出於什麼目的打惡作劇電話、有沒有住手的意思、有沒有反省的樣子。

擁有孩童的外形、有著沒有瞳孔的純白眼睛的電話精靈。

雄司聽說過，物體和器具只要長久被人類使用，就會擁有靈魂。

但武志被帶去哪裡了？他死掉了嗎？

那件事發生約一個月後，雄司在和女友講電話的時候，得知了答案。

這是自從那件事以後，雄司第一次碰電話。在這之前，他都因爲害怕，甚至無法靠近電話，因此編出各種藉口不接女友的來電，結果女友起疑，甚至吵著要分手，他只好拿起了話筒。

他的電話機沒有任何異狀。雄司安撫女友，聊著聊著，恐懼也漸漸地消散了。聽到電話另一頭女友的笑聲時，喜悅和安心讓他也跟著開朗地笑了。

但兩人的電話出現了串音干擾。除了女友的聲音以外，雄司還不停聽到別人的聲音。聲音很小，就像在喃喃細語。感覺就像發出聲音的人正聲嘶力竭地大叫，卻因爲距離遙遠，只能隱約聽見。

「有串音呢。」女友說。

「好像呢。」

「要不要聽聽看是在說什麼？」

女友咯咯笑道。雄司也賊笑著，豎耳細聽。

然後——

雄司說，那不是錯覺。他說不是他聽錯了。

那遙遠的、隱約可辨的人聲吶喊著，「救我！救我！」

是武志的聲音。

「聽不出來在說什麼呢。」

女友說。她應該聽不出來吧。雄司應道「嗯」，同時緊緊咬住不停顫抖的下巴。

沒錯。你的電話有時候也會出現串音干擾，對吧？那並非每一次都是眞正的串音。你聽到的聲音裡面，也摻雜了求救的絕望吶喊。是那些受罰的人的呼救聲。

只要側耳聆聽，一定就能聽出來。

我的話說完了。

對，沒錯。用電話做些反社會行爲的「電話罪犯」，會受到相應的刑罰。會被吸進電話裡面，關在線路中沒有出口的黑暗裡，不停呼救，直到死去。也許會被當成奴隸做牛做馬。因爲爲了讓線路維持良好的狀態，必須隨時從內部進行清掃和修補嘛。這可是危險的重活。

你在笑，對吧？你說這是電信局的工作？只要付錢就是客戶，他們才不在乎什麼惡作劇電話，是嗎？

對，沒錯，人類是這樣沒錯。但我說的是別的。

剛才我也說過了吧？物體也會有靈魂。只要有靈魂，**就一定會出現自淨作用**。這是爲了讓自己無時無刻維持在最佳狀態的本能。

你怎麼笑成這樣？咦？我瞎掰的？你是說我編出這種情節來嚇唬你嗎？

對——對——什麼？「都市傳說」？那是什麼？

哦……是煞有其事的虛構故事，但也有人信以爲眞？咦？你說「裂嘴女」也是嗎？你知道的還眞不少。

但你怎麼知道我說的是你所謂的「都市傳說」？什麼？你說開頭的「朋友的朋友的遭遇」就是「都市傳說」的典型模式嗎？「都市傳說」一定都像這樣開場，所以也叫做「foaf」嗎？「friend of a friend」。原來如此。

眞是沒輒呢。這樣啊。

不，你說的沒錯，我說的並非完全是事實。我把我妹——你打電話擾騷的女生——的朋友——其實他是我同事，我把他的實際遭遇改編了一番。

還有一件事我沒有告訴你。

電話的精靈不是只有一兩個而已。他們有自己的組織。你想想看，全日本、全世界有幾百萬台電話、有幾千萬條線路？它們的靈魂不可能只有十幾二十人啊。就算有日本的人口那麼多，也一點都不足為奇。

然後他們形成組織，分派角色，維持電話線的治安。他們會從內部監視線路，有時會借用人形，混進人類社會，對使用他們的線路的電話機——進行臥底偵查。

沒錯，臥底偵查。

你又在笑了。眞沒辦法。我的任務結束了。發出執行命令的時候，向被告說明這些，是我的職責——

我的話還沒說完，聽筒另一頭便傳來駭人的慘叫聲。還有砰咚的沉重聲響，也許是在踢地板反抗。雖說是職責所在，但這些聲音不管聽上多少次，都教人不舒服。

叫聲很快就止息了，但聲響持續了十分鐘。我等待著，一旁的妹妹邊哼歌邊梳頭髮。

不久後，聽筒另一頭安靜了。接著是俐落的聲音。

「強制執行完畢。」

接著是聽筒放回掛勾的聲音。我慰勞說「辛苦了」，也輕輕放下這邊的話筒。

「哎。」我搔了搔脖子，「要是稍微懂事點，悔改一下就好了。難得行刑前給了他機會啊。」

「有什麼辦法？這些人就是學不到教訓啊。沒什麼好在意的啦。」

妹妹將那雙雪白得幾乎就像在發光的雙眼轉向我，冶豔地笑了。

5 chapter

人生贏家

1

佐山浩美等到百貨公司開門的時間，出門買喪服。

母親伊佐子說既然要買，就算有點勉強，也該買高檔貨。感覺又得出動信用卡了，但不巧的是，浩美三天前才在公司附近的服飾店刷了四萬八千圓的秋季套裝。如果眞的照著母親說的買了高級貨，下個月可能會付不出信用卡帳單。她嘴上答應著，但已經私下決定買特價品就好。

九月初旬的星期六，今年不知道第幾個颱風自南方逼近了。風熱得就像醉漢的呼吸，滿含濕氣。站在車站月台，額頭都開始冒汗了。然而坐進冷氣超強的電車裡，不到兩站，雞皮疙瘩就開始爬上手臂。

在陰天底下不斷流過窗外的街道看起來一片蕭條。被低垂的烏雲按住頭頂的林立大樓，看起來每一個都縮起了脖子。浩美緊貼在車門上，仰望上空。看著看著，雨滴點點灑落下來。

昨晚十點，家裡接到勝子阿姨過世的消息。勝子是母親伊佐子的大姊，如果迎接今年十一月的生日的話，應該就五十五歲了。伊佐子四十五歲，所以兩人是相差十歲的姊妹。這十歲中間，還有一個哥哥和二姊，伊佐子與他們非常親，但與勝子似乎不怎麼親密。

「因爲勝子姊在我還小的時候就離家獨立了。」伊佐子以前對她說過。

昨天中午過後，伊佐子接到勝子病危的電話，急忙趕去醫院。勝子得的是癌症，腫瘤轉移到各處，已經回天乏術，這是家族裡都知道的事，因此也都已經有了心理準備，感覺就像時候終於到了。但身爲外甥女的浩美考慮到觀感，還是沒有提前去買喪服，而是等到阿姨眞正離世以後。像浩美的弟弟一樹就完全不感情用事，還說，「反正早晚都要用到，早點去買不就好了？」

不過浩美本身並不怎麼傷心，若要說的話，是滿不在乎。雖然有親戚過世的模糊悲傷，但她沒有掉眼淚，當然也沒有湧出從喉嚨深處逆行而上的嗚咽。勝子阿姨與她就是如此疏遠，毫無交流。

不，不如說對浩美和一樹來說，勝子阿姨反而是令人敬而遠之的。即使逢年過節碰面，一句「阿姨好，好久不見」以後，就不知道接下來要說什麼了。像現在重考第二年的一樹，今年過年在老家見到勝子阿姨後，還說被阿姨直盯著看，就算什麼也沒說，也覺得好像被她責怪了似的。

聽到這話時，浩美笑道「你想太多了」，但事後連伊佐子都說起類似的話，把她嚇了一跳。

「一樹重考第二年的事，我沒有跟勝子姊說，可是像這樣碰面，還是會被知道，不是嗎？眞的很尷尬。感覺她好像在嘲笑我。」

伊佐子會有這種宛如被害妄想的感受，也是因爲勝子阿姨從小就特別聰明的關係吧。就連相差十歲的伊佐子，上小學和國中的時候都曾遇到老師說，「啊，妳是那個勝子的妹妹啊。妳姊姊很聰明，妳如果不努力一點，就太丟臉嘍。」年紀更近的舅舅阿姨，承受到的壓力應該更大。

浩美覺得，就是這樣的恨意揮之不去，即使都成人了，也只有勝子一個人受到弟妹排擠。而且弟妹都結婚成家了，勝子卻單身了一輩子，當然也沒有小孩。昨晚伊佐子訝異地說，仔細算算，勝子姊等於是一個人生活了超過三十五年。

「她等於是獨立女性的先驅呢。」浩美默默聽著母親那好似佩服又像哀憫的口吻。「因為她在工作上好像很成功。」

勝子靠著獎學金從國立大學畢業，成為國中教師。她一直是英文老師，但前年春天通過考試，剛成為埼玉縣一間小型市立中學的副校長。即使親師會反對，說女副校長沒用、沒有執行力，她應該也不氣餒，我行我素地工作，做出成績來，最近好像甚至被人在背後貶損，說這所學校握有實權的其實是副校長，而不是校長。

浩美的母親伊佐子，還有伊佐子的二姊奈津子阿姨，都是商業高中一畢業就出社會工作了。與勝子相差五歲的勳舅舅有大學學歷，但不是勝子阿姨那種一流大學，連他自己都自嘲是「學店」出身，而且明明讀的是經濟系，卻吊車尾考進八竿子打不著的二流機械廠商任職。現在在那裡的總務部，頂著代理部長頭銜，但一樣是本人宣稱的，「總務就是工友啦，只要身體健康，談吐正常，誰都可以當」，所以實際上應該不怎麼了不起。

伊佐子還有個小兩歲的妹妹眞喜子，這個阿姨更厲害，連高中也沒畢業，國中時好像也是個「看到我不在，老師都會鬆一口氣」的學生。做過特種行業、離婚再婚過的，也只有這個阿姨。第一次結婚是十九歲的時候，兩年後就離婚了。再婚是二十三歲的時候，和第二任丈夫截至目前算是相安無事，但阿姨性喜招搖，成天愛往外跑，所以似乎總是小吵不斷。不過丈夫——也就是浩美的姨丈——也半斤八兩，所以也算是天作之合吧。

浩美去年成人式穿上長袖和服的時候，這個姨丈目不轉睛地打量她，令她覺得非常不舒服。後來姨丈打過幾次電話到她公司，說他剛好人在附近，邀她一起吃飯，也讓她很討厭。因爲不好意思一直拒絕，姨丈第三、四次邀約的時候，她帶了兩個要好的同事一起去，結果同事去洗手間的時候，姨丈說，「浩美還是小孩子吶。」

「爲什麼？」

「這種時候，怎麼能帶朋友一起來呢？妳也想要蛻變爲成熟女性吧？那就……」

浩美覺得她要不要蛻變爲成熟女性，都不關姨丈的事，但沒有說出口。

這個姨丈名叫多田順次。浩美工作的融資課裡也有個叫「順次」的上司，好笑的是，由於連鎖反應，連那個上司看起來都像個色胚了。喪禮的時候，家族都會齊聚一堂，當然也會見到順次姨丈，一想到這件事，浩美的心情就有些沉重。

在有樂町站下車後，浩美往Mullion商城走去。她已經決定從西武百貨開始逛。母親說「去三越百貨買啦，正式服裝，三越的品項比較齊全」，伊佐子就是有這種單純的成見。雖然說不出哪裡好，反正就是比較好。

賣場親切的女店員問了浩美的預算，一起陪她挑選。

「雖然夏天穿有點熱，冬天穿有點冷，不過還是挑四季都能穿的款式比較好。推銷這種黑色正式服裝的時候，有些店員會說只要配個花飾或胸針，就可以穿去喜慶場合，不過我不這麼建議。因為看起來還是怪怪的。小姐還年輕，比起喪事，參加喜宴的機會一定更多，所以喪服只要準備一件價格適中的就夠了。」

浩美聽從店員明快的建議，挑了件款式有些可愛、穿上去線條優美的喪服。只要穿上喪服，每個女人都會平添三分姿色。浩美看著倒映在試穿室大鏡子裡的全身像，反倒感到有些雀躍。她甚至覺得勝子阿姨的死是個寶貴的機會，讓她可以在成年後第一次穿上喪服。

2

阿姨一個人住在川越市的公寓。屋齡才七年，外觀時尚，但容納的住戶不多，因此沒有類似集會所的設施。因為知道會有校方人員和以前的學生等許多人來上香，因此租借了距離公寓約五分鐘車程的「川越活動中心」這處小場地舉辦守靈和喪禮。

勝子單身，父母又已經過世，因此由弟弟勳舅舅擔任喪主。舅舅在公司不愧是代理總務部長，很熟悉這些事務，他和來幫忙的學校人員及葬儀社員工一起俐落安排。

祭壇上塡滿了白色的菊花。中央的遺照面露浩美所知道的最像勝子阿姨的表情——一本正經地抿著嘴唇，感覺有點像在生氣。看起來就好像正倨傲地俯視著這群來到現場的不成才的弟妹。

守靈和告別式期間，除非人手相當不足，否則家屬通常都滿閒的。浩美和一樹也被交代不用熬夜一整晚。

「比起守靈，你應該趕快念書，要不然又要落榜了。這次再落榜，就笑不出來了。雖然現在也不好笑。」

眞喜子阿姨大剌剌地嘮叨著，一樹嘔氣地撇開臉去。眞喜子阿姨沒有孩子，奈津子阿姨有一個女兒，勳舅舅有兩個兒子，不過都已經結婚，去外地工作，或是在外地上大學。三人都趕不上今晚的守靈，明天才會來參加告別式。因此浩美和一樹成了箭靶。

會場是約五坪大的房間，拉起白色和水藍色布幕。因爲不是住家或寺院，這也是沒辦法的事，但油氈地板上並排著折疊椅的景象，比起守靈，感覺更像選舉事務所。

「近幾年大家都說這樣比較輕鬆。最棒的是這樣就不用跪坐了。」

工作人員說明，剛好正要坐下的奈津子阿姨說：

「穿洋裝的人是很方便，但穿和服的話，就有點不好坐了。」她理齊和服裙擺，小心別讓臀部壓出皺紋，好不容易才坐定。這個阿姨似乎是兄妹裡面牙齒最糟糕的一個，才四十七歲，自己的牙卻只剩下五、六顆。因爲裝假牙，說起話來有些含糊不清。她本來就是個沒什麼意見的人，牙齒壞了以後，變得更是沉默寡言，所以抱怨椅子還滿稀罕的。

「椅子難坐不是衣服的關係啦，姊，是老了啦。」

眞喜子阿姨大聲說。

「老人就愛榻榻米。」她笑道，突然轉向浩美，「我跟浩美比較喜歡坐椅子，我們還年輕嘛。」

她拍了一下和服腰帶前方。那條腰帶勒得死緊，彷彿要強調胸部。

「妳跟浩美怎麼能相提並論？」順次姨丈插口。雖然是在對眞喜子說，但臉和身體都對著浩美。正從場上的水壺倒茶的浩美故意低頭看自己的手。

「咦，討厭啦。」眞喜子阿姨放聲大笑。今天她好像還知道要卸掉指甲油，但口紅就像平常一樣血紅，沾到有些暴牙的門牙上。

「有什麼關係？浩美眞是出落得愈長愈美了。愈來愈性感嘍，是有男人了嗎？」

順次姨丈靠了過來。浩美把杯子放到托盤上，故意走開遠離姨丈。

「正值花樣年華嘛。」伊佐子笑道，瞥了臭著臉的浩美一眼。浩美用憤怒的眼神向母親傾訴。

「別理他。」伊佐子彎身向浩美細語，「他逗妳玩的。」

「可是……」

浩美沒有把姨丈纏人地邀她去吃飯的事告訴母親。她很後悔，覺得應該說出來的。

「守靈從七點開始，對吧？」順次姨丈仰望圓形壁鐘說，「還有一小時以上呢。我想喝咖啡，不想喝日本茶。」

「誰叫你宿醉。」眞喜子調侃。

「附近應該有咖啡廳吧？喂，浩美，我們一起去喝咖啡。」

「我……」

「好嘛，走啦。別管那些了，交給歐巴桑她們就好了。」

順次姨丈從浩美手中搶走托盤，結果一樹似乎察覺了姊姊的窘境，開口說：

「我也餓了。萬一在和尚念經的時候肚子咕咕叫就太丟臉了，我也去吃點什麼好了。姨丈，我們走。」

姨丈露骨地擺出厭惡的表情，浩美覺得他很幼稚。

「你跟來幹嘛？我跟浩美是要去約會。」

「有人要請客，我向來不會放過。別那麼小氣嘛。」

一樹領頭走向門口。這時和工作人員討論完的勳舅舅和浩美的父親回來了，差點在門口撞上。

「咦，一樹，你要去哪？」

「肚子餓了，順次姨丈說要請客。」

勳舅舅周到地說，「已經叫飯糰了。大家都還沒吃吧？開始前先填一下肚子比較好。」

「姨丈說他想喝咖啡。」

「走廊有自動販賣機。」勳舅舅在口袋裡掏零錢，「一樹，你去給每個人都買一杯。」

一樹應著「ＯＫ」離開了。浩美躲在父親和勳舅舅背後，吐舌憋笑。

開始守靈後，氣氛總算變得嚴肅起來。

以單身女人的喪禮而言，弔喪者的數目非常多。而且都是在受颱風影響而風雨交加的天氣中特地前來。浩美躲在家屬那一排的後方角落，低眉垂眼地想著，勝子阿姨雖然既嚴肅又古板，不過還是必須承認她是優秀的老師。

雖然沒有人放聲大哭，但有些女人用手帕按著眼睛，或是致哀到一半，聲音哽咽。年齡層約是三十到四十五左右。應該是勝子阿姨做為教師，精神體力最為充沛、教學也最為熱情的時期的學生吧。

「沒有在報上發訃聞，居然還有這麼多人來參加。」伊佐子感動極了，「他們是怎麼知道消息的？」

「好像有同學會名冊。」奈津子阿姨細語，「只要通知一個人，接下來就會依序往下聯絡吧。不過眞是太感謝了。天氣這麼糟，還有這麼多人來送她，勝子姊眞幸福。」

奈津子阿姨第一次紅了眼眶。

誦經完畢後，會場準備了淨身的壽司和酒，招待參加守靈的客人。浩美負責端酒菜和招待，一下站一下坐，忙得團團轉。因為有會場工作人員，其實交給他們就行了，但一直坐著很無聊，也有些心虛，因此她想要動一動。

偶爾聽到的對話片段，與其說是關於勝子阿姨的回憶，更是久違不見的老友舊識趁此機會互道近況或彼此懷念。死者會被拿來當成各種藉口，相互比較喪服的品味，或彼此炫耀珍珠項鍊的價格。想到這裡，浩美有些臉紅了。自己去買喪服的時候，不也在試衣間裡開心得很嗎？

參加守靈的人裡面，也有許多上了年紀的男士。是勝子阿姨以前的同事、當時的教務主任、副校長和校長。其中有個人特別引起浩美的注意，是偕同妻子一起來的新谷吉克。

他說是三十年以前，勝子阿姨在大宮市內的國中教書時的親師會幹部。當時勝子阿姨熱心教育，採用外國小說當做英文教材，或讓學生觀看文藝片等等，新谷夫妻對她這些獨創的教學很有共鳴，大力提供協助。

新谷感覺已年近七旬，頭髮幾乎沒剩多少，而且似乎有高血壓，滴酒不沾。太太俊江身材矮小富態，坐在座墊上蜷著背，感覺洋裝款式的喪服拉鍊隨時都會爆開。

兩人和奈津子阿姨還有伊佐子聊得很起勁。他們說著勝子生前有多優秀、多麼充滿熱情、對學生的教育傾注了多少心血。

「她眞的非常聰明。」新谷熱切地說，「所謂的女傑，就是形容她那樣的人吧。即使是校長還是教務主任說的話，只要她覺得不合理，就會嚴正反駁，只要是爲了學生，就算三更半夜被叫起來，她也會火速趕到，從來沒有半點難看的臉色。」

俊江夫人也同意。她不停點頭，「她就是個天生的老師。」

容易感動的奈津子阿姨頻頻拭淚，「有這麼多人肯定她，姊姊眞的很幸福。」一旁的伊佐子也淚濕了眼眶。

還有一個更令人意外的發現。這是一樹聽到跑來告訴浩美的。當時兩個人都有點累了，待在休息室。

「我剛才稍微聽到，勝子阿姨以前好像還做過義工呢。」

「義工？什麼義工？」

一樹鬆開廉價的領帶，脫掉皮鞋，「好像類似心理諮商的地方。」

「是那邊有人來上香嗎？」

「嗯。我只是稍微聽到而已，好像是幫助有前科的人回歸社會之類的。」

浩美非常驚訝。當然，這是她第一次聽說。但是想想勝子阿姨的個性，她又覺得或許也不是值得大驚小怪的事。

「她應該是個很可怕的心理諮商師吧？」浩美微笑，「搞不好還會對來求助的人破口大罵，你要是不重新振作起來，就是個人渣！」

「我不喜歡那種的。」一樹說，躺倒在狹窄的長椅上。

3

接近晚上十一點時，祭壇附近就只剩下親屬了。幾個男人和眞喜子也喝了酒，氣氛變得隨興起來。

「不過勝子姊這一生實在太無趣了。」

眞喜子灌著杯中的酒說：

「或許她腦袋是很聰明啦，可是就算活著，也一點樂趣都沒有，不是嗎？沒有結婚，也沒有談戀愛。」

「不一定沒談過戀愛吧？」奈津子阿姨插話，眞喜子阿姨露骨地譏嘲：

「世界上再也沒有比勝子姊更不適合談戀愛的人了。再說，有哪個男人要她啊？她那麼恐怖。」

「姊姊也曾經年輕過啊。」這次是伊佐子以勸諫的口吻說。

但眞喜子完全不以爲意。她鬆開腰帶，衣領也整個垮了，看起來簡直就像老電影裡面的酒家女。一喝醉就口不擇言，是這個阿姨的壞毛病，但今晚似乎特別嚴重。勝子生前，不管眞喜子對她說什麼，都會被條理分明地駁回來，只好忍氣吞聲，現在那些積怨一口氣爆發開來了。

因爲是親人，所以那種心情浩美也不是不能理解，只是看了實在不是很舒服。

「就算年輕，那張臉也沒辦法吧。男人才不屑一顧呢。像我以前的男朋友就說過，『妳姊那張臉簡直就像添上了五官的去年的圓年糕，不過至少沒發霉，還看得出是張臉』。」

公平地來看，四姊妹裡面，么女眞喜子阿姨長得最漂亮。五官分明，瓜子臉，皮膚又白。相反地，勝子阿姨在外貌上最爲不利，也是事實。

浩美並沒有跟著一起說壞話，卻感到心虛不已，仰望勝子阿姨的遺照。也許是心理作用，遺照上的臉看起來更冷若冰霜了。

「妳夠了沒？眞喜子。」順次醉紅著臉說，「就算她是妳姊，這些話也太過分了。」

「是啊，別說了。」伊佐子表情嚴肅地說，「我和奈津子姊都不能比眞喜子早死，要不然誰曉得她會把我們說得多難聽？」

眞喜子阿姨一臉沒趣，嘴裡嘀咕埋怨著。勳舅舅站起來。

「我去補個香。」

浩美的父親也趁機跟著起身，站在上香的舅舅身後，對浩美和一樹說：

「你們也去睡吧。這裡的休息室很小，已經在勝子阿姨家那裡準備寢具了。」

伊佐子點點頭，「白天媽去打掃過，鋪好被子了。明天阿保他們也會先去那裡。你們知道地點吧？」

阿保是明天會到的表哥。浩美從母親那裡領了鑰匙。

她和一樹最後再次上了香。這段期間，眞喜子阿姨仍在咒罵：

「勝子姊這一生，做爲女人根本沒有價値嘛。像今天，你們自己看，有哪個男人來給她上香嗎？全是些老頭，要不然就是學生。姊姊根本就不正常，絕對不正常……」

也許是精神疲累，一樹這晚鼾聲如雷。

一樹說「我比較高」，要求睡床，浩美在客廳打地鋪，但睡地板本來就痛，再加上弟弟的鼾聲噪音，搞得她幾乎無法熟睡。

清晨五點多，一樹的鼾聲總算平息了，但如果現在才睡著，身體反而難受。因爲最晚八點就得起來了。

乾脆就別睡了吧。浩美心想，掀起被子爬起來。她到廚房用水壺燒水，卻找不到任何即溶咖啡或紅茶包。

記得附近有超商。幸好昨晚睡覺時換的這套居家服直接穿出門也不奇怪。浩美拿著錢包出門。

坐電梯到一樓，穿過安靜的大廳。每個信箱都插了報紙，就好像同時在做鬼臉吐舌頭一樣。外面天色還很暗。雨停了，風好像也不強。而且不同於昨天，今早非常涼爽。看這樣子，颱風應該不會來了。

浩美解開大廳門鎖走出去。雖然不到庭園的規模，但有一片精緻的樹叢和草皮，上面排列著飛石。浩美走過那裡。

就在這時，暗處突然冒出一個人影，冷不防從她的大腿到屁股摸了一把。浩美嚇到甚至叫不出聲音，結果差點被那個人從背後架住。酒臭味撲鼻而來，讓浩美悟出對方是誰。是順次姨丈。他喝得醉醺醺的，眼睛整個充血赤紅。一定是整晚都在喝酒。

「姨丈！」

浩美掙扎甩開那糾纏不休的手，喊叫：

「討厭啦，放開我！」

「浩美怎麼這麼冷淡呢？好嘛，跟姨丈一起睡嘛。」

他一定是聲稱要去小睡，離開川越活動中心。眞是半點都疏忽不得。如果浩美眞心動怒，他一定會說，「妳這傻瓜，姨丈跟妳鬧著玩的。妳眞以爲姨丈要對妳毛手毛腳嗎？浩美眞是個小孩子。」那樣更教人生氣。不管是開玩笑還是逗她，拒絕就是拒絕，討厭就是討厭。如果連對根本就不喜歡的男人都要諂媚討好才叫「成熟的女人」，浩美根本不想變成那種人。

「要睡快點去睡啦，討厭！不要亂摸！」

兩人扭打著，這時近處有人出聲：

「不好意思——」

浩美和順次姨丈都嚇得回頭。公寓前庭入口站著一個男人。

不認識的臉。年紀——約六十開外吧。以這個年紀的人而言，身材相當高大。兩邊的鬢毛都是雪白的，臉上也布滿了皺紋。他穿著淡鐵灰色的成套西裝，打著黑色系領帶，用單顆珍珠的領帶夾固定。

「這一帶有沒有叫廣場川越的公寓？」

男人朝這裡走近半步問。

順次姨丈放開了下流的手，浩美急忙遠離他。

「不清楚耶，我們不是這附近的人，不好意思……」

「這樣啊，謝謝。」男人微微行禮，瞬間表情像在交互打量浩美和順次姨丈，然後慢慢轉身。

浩美追上他似地前往馬路。就算是順次姨丈，也沒有繼續追上來。

浩美很快就找到超商了，但她不想立刻回公寓，繞了點遠路才回去。進大廳的時候，她小心地東張西望。

沒有人。再怎麼說也不會做到這種地步吧。如果姨丈還等在這裡埋伏，那就是犯罪行爲了。

浩美走近信箱，尋找勝子阿姨的名字。她發現只有那個信箱沒有插著報紙，陡然驚覺一件事。

沒錯，不可能有報紙。勝子阿姨住院的時候，一定就停掉報紙了。

剛才經過這前面的時候，她只是模糊地想「買完東西，回來的時候再順便拿報紙吧」，一點都不覺得這念頭有什麼奇怪。

阿姨與病魔纏鬥，力盡而亡了。只有這個信箱不會有報紙——這個單純的事實，比起菊花的香味、比起眾多來上香的人、比起母親和阿姨的淚水、比起其他所有的一切，都更明確地在視覺上讓浩美體認到勝子阿姨已死的事實。

她慢慢伸手打開信箱。裡面應該是空的，只塡滿了阿姨死後的公寓寂寞的空白——然而她猜錯了。

信箱底部放著一封信。浩美撿起來，發現正反面都是空白的，也沒有貼郵票。整封信都泛黃了，似乎是很老舊的東西了。

封口已經用剪刀剪開了，裡面收著兩張對折了兩次的信箋。浩美把它抽出來。

當她讀到開頭第一句，只是這樣一封信，就整個顚覆了她的世界。

4

勝子：

我現在正心如刀割地寫著這封信。只是這樣一句話，聰明如妳，一定已經明白接下來的內容會是什麼了。妳眞的是個聰慧堅強的女人。我也是受到妳這樣的特質所吸引。

就在上星期，我們才計畫要一起離開這個城鎭，到遠方去重新開始人生。只要生米成炊，我的妻子應該也會死心放棄。當妳說出這樣的話時，老實說我吃驚極了。因爲我以爲妳不可能會有這樣的想法。妳總是說，妳不奢求更多，妳是後來闖入的第三者，不想傷害我的妻子。每當我聽到妳這些話，總是對妳深厚的體恤感激不已。

但另一方面，我也覺得焦急難耐。因爲妳總是像這樣壓抑著自己。換言之，這意味著妳對我的感情就只有這種程度，不致於讓妳失控。

因此當妳主動說要和我私奔時，我眞的很高興。我當時的心境，眞的是喜上雲霄。之前在「和泉」碰面時，妳告訴我爲什麼妳會下定決心拋棄一手建立起來的社會信用，和我私奔。

妳說妳原本坐在那起三河島脫軌意外的火車上，卻在前一站的日暮里站下了車，所以僥倖撿回了一命。聽到這件事時，我眞的大吃一驚。妳說對妳而言，那只是一次很平常的下車換車，現在卻覺得那是命運的分水嶺。事實上，那起事故造成了一百六十人死亡，妳會有這樣的感受，也是很自然的事。

妳說，妳深刻了解到，人可能明天就驟然離世。如果不把握當下、趁著還活著的時候去做想做的事，一定會後悔。如果不誠實面對自己的心，到時候一定會死不瞑目——所以妳想要和我在一起。妳這樣對我說。

妳的話深深感動了我。我覺得妳說的一點都沒錯，所以我私下整理身邊大小事，準備與妳私奔。

可是——眞的很抱歉，我沒辦法這麼做了。

那是三天前的事。其實和美——我的女兒，妳也認識——在學校附近的文具店順手牽羊，被警察輔導了。

我完全不知道女兒在想什麼、內心隱藏著什麼樣的糾葛。不，我就老實說了吧，我是不想知道。她才十歲，我覺得她不可能懂事，更不可能懂大人眞正的戀愛感情，但和美確實看出了我和妻子的感情正逐漸生變。

我把她從派出所接回家，問她爲什麼做出那種事，她哇哇大哭，說家裡愈來愈奇怪，她寂寞得受不了了。

勝子，我就直截了當地說了吧，當時我是這麼想的，我可以拋棄妻子，但我不可能拋棄和美。

即使是和妻子離婚，與妳再婚，收養和美，也是不行的。和美想要的是和生下她的母親與我一起建立的家庭，其中沒有妥協的餘地。

我愛妳，能邂逅妳是我的幸福，但我們相識得太晚了。看著眼前哭泣的和美，妳所說的話、妳說要對自己誠實的決心，對我來說都成了無比殘忍的自私說詞。

另一方面，我也很清楚我這樣的行徑再卑鄙不過。而且我的心也還在動搖。如果見到妳、聽到妳的聲音，我覺得我的心情又會動搖，無法貫徹這份決心。

所以我決定寫信。但即使現在投寄，也不可能在約好的明天下午兩點前送到妳的手上。

所以我把這封信放進信封，寄交給我們約好見面的「幸運」的老闆。他可以信任，一定沒問題的。

請妳務必諒解。我希望妳能體諒。妳如此冰雪聰明，一定能遇到比我更適合的對象。

我們一同分享了人生的某段時期、共享了燦爛的片刻。妳說妳愛我，我也愛著妳。既然如此，請妳務必諒解我不願意傷害我的親骨肉的苦衷。

然後，請不要傷害、詆毀我們的回憶，將它收藏在黃金的相簿裡吧！

妳是個美好的女子，我相信妳一定做得到。

5

信尾沒有署名。

應該是爲了不留下證據。是特徵十足的男性筆跡，筆壓似乎也很重。看起來是用原子筆寫的，到處都有墨水凝結暈開的痕跡。

浩美小心不讓一樹和順次姨丈發現，把這封舊信重讀了好幾次。她不想輕率地讓其他親戚看到這種信。至少在告別式結束前都不行。因爲不曉得會引發什麼樣的軒然大波。

沒有郵戳，也沒有收件人或寄件人姓名，但顯然是寄給勝子阿姨的。這個男人——也就是寫信的人，應該是阿姨當時不倫之戀的對象吧。男人有個十歲的女兒叫和美，爲了女兒，他放棄原本已經說定要和阿姨私奔的計畫。到這裡都還好，但他居然只是把這封信交給當天要和阿姨會合的「幸運」這家店，放阿姨鴿子。

而且這封信的後半，全是自我辯解和保身的藉口。去你的「請妳諒解」。

浩美完全不知道勝子阿姨居然有過如此轟轟烈烈的往事。她讀著信，好幾次抬起頭來，難以置信地眨眼，那個勝子阿姨？和男人私奔？

這到底是什麼時候的事？

幸好勝子阿姨不愧是老師，公寓的書架上有好幾本辭典和年表。浩美翻開這些書籍調查，發現

「國電常磐線三河車站脫軌事故」這起慘重意外發生在昭和三十七年（一九六二）五月三日。是浩美出生八年前的事。從浩美的角度來看，就如同珍珠港事件或波茨坦宣言那樣遙遠。那是昭和時代的歷史，是教科書上的歷史事件，學過就忘了。

然而這些歷史事件，卻與阿姨的人生有著重大的關聯。感覺就好像名字出現在歷史課本上的人物，順著族譜看下來，竟發現與自己的家族連繫在一起。能夠以鉛字印在書上的重大事件與自己的親人有關，這是浩美無法想像的。

勝子阿姨在這起意外發生的時候——書上說第一起衝撞和脫軌發生在晚上九點三十五分——一定驚悸不已，並且醒悟了。

不能欺騙自己。如果欺騙自己，哪天死去的時候，一定會後悔。

因此勝子阿姨提出要和不倫對象私奔，男方卻臨時變卦，丟下阿姨。

像這樣一看，勝子阿姨會一輩子堅持單身，會不會是因爲這時候受到的感情創傷實在太深？阿姨賭上了自己的人生，然而這次賭注別說失敗了——如果失敗了還有救——她下注的對象竟因爲害怕而臨陣脫逃了。而且還留下「妳是個冰雪聰明的人」這種話，讓阿姨動彈不得。

看在浩美眼中，勝子阿姨也確實相當自恃於她的聰明才智和學養。所以一樹才會說「只是被她看著，就覺得被責罵」，母親伊佐子才會喃喃說「感覺她在嘲笑我」。

這樣一個女人，如果被視爲眞命天子的男人說「妳是個聰明的女人」——所以吞下去吧，不要難看地做出一哭二鬧三上吊那種醜事——

那也只能聽從了吧。

「不過……」

爲什麼這封信現在才出現在阿姨的信箱裡？

告別式的準備從上午十點開始。

眞喜子阿姨和順次姨丈還相親相愛地睡倒在床上。對現在的浩美來說，這樣空氣清爽多了。說是準備，大半也都是工作人員在處理，除了一臉嚴肅地坐著以外，無事可做。但父母和勳舅舅還是靜不下來，走來走去，浩美穿過他們，走近奈津子阿姨。

「欸，奈津子阿姨。」

阿姨的神情有些疲累。她皮膚很白，只要睡眠不足，疲態立刻就會顯現在臉上。

「昭和三十七年左右，勝子阿姨住在哪裡？」

奈津子阿姨像小鳥般微微歪頭，「不清楚耶……」

「那時候她在哪裡教書？已經去埼玉了嗎？」

勝子阿姨最早是在東京都內的學校教書。

「應該已經去了。」

奈津子阿姨說，從和服袖子掏出手帕，擦了擦眼。今天稍微有些陽光，但阿姨熬了一整夜，睡眠不足，即使陽光微弱，也覺得刺眼吧。

「昨天才剛聽到許多人聊起妳勝子阿姨的往事……。對了，應該是在昨天來的新谷先生當親師會幹部的學校吧。妳勝子阿姨是在三十五年進去那裡的。」

「確定嗎？」

奈津子阿姨訝異地眨眼：

「妳問這個要做什麼？」

「嗯……就有點想知道。昨晚我一直在想，勝子阿姨這一生有哪些經歷。」

如果問得太細，引起懷疑就不妙了，浩美見好就收。

若是那時候已經在埼玉的學校教書，有事去東京，晚上搭電車回來，在日暮里換車，也是很順理成章的事。這等於印證了信裡的內容。

也許是心理作用，菊花的香味似乎比昨天更濃了。浩美猜想，也許是開發了新的品種，讓花香在一段期間內，會一天比一天濃，好蓋過死者的氣味，這讓她覺得有些悲傷。

勝子阿姨真的過世了。已經沒辦法當面問阿姨，問出這封信的真相了。永遠都不可能了。人死就是這麼一回事。

弔唁的客人漸漸到場，香點了起來，有人去顧櫃台，告別式依昨晚守靈相同的步驟開始了。這場儀式結束後，阿姨就會被燒成灰。即使只有一小部分也好，浩美想要整理出頭緒。

「怎麼啦？姊今天怎麼屁股都黏在椅子上？」

就算一樹這麼說，浩美也冷哼打發他。

順次姨丈和眞喜子阿姨頂著宿醉浮腫的臉，幾乎沒有起身，姨丈甚至在誦經的時候打起盹來，教人目瞪口呆。

浩美低著頭不停思考。

看來那封信確實年代久遠。信箋和信封都泛黃了，墨跡也都褪色了。如果是昭和三十七年寫的，都已經過了二十九年了，這是當然的。

那麼，是誰把它放進信箱的？

浩美第一個想到的是勝子阿姨自己放的。

決定住院時，阿姨就已經悟出自己來日無多了吧。所以她才把信放進自己的信箱，這樣一來，其他親人就會在她死後得知自己也是有過那樣一場轟轟烈烈的戀愛的——

在情感上，感覺似乎有可能。昨晚聽到眞喜子阿姨那不堪入耳的毒舌後，浩美更是這麼想。如果看到這封信，就算是眞喜子阿姨，也說不出那麼惡毒的話了。眞喜子阿姨的話，讀完後可能會說「什麼嘛，結果還不是被甩了」，但應該也不得不撤回勝子阿姨是個化石一樣的怪人的批評。腦袋聰明，又有社會地位，在私人感情方面，也曾有過美滿的一段戀情——這樣一來，勝子阿姨是否算是度過了一段理想的人生？至少比起爲了連外甥女都想勾搭的丈夫煩惱，自己也問題不斷的眞喜子阿姨要來得強多了。眞喜子阿姨不可能沒發現，順次姨丈成天逗弄浩美，絕不是出於做姨丈的感情。在這方面，眞喜子阿姨的天才靈敏度堪比愛因斯坦。

而且勝子阿姨已經離開了，不必擔心往後的人生再有什麼愁雲慘霧。

等於是在姊妹之間的人生賽局中漂亮地贏得頭籌。

很有可能。非常有可能。只是——

浩美搖搖頭，把這個假說逐出腦袋。不行不行，不通。這樣的話，信應該會更早被發現才對。勝子阿姨可是住院住了四個月，這段期間，不能保證管理員或是來探病的妹妹會打開信箱。事實上信箱非常有可能早就被打開過了。因爲勝子阿姨往院以後，還是有可能收到各種郵件。

但除了勝子阿姨以外，沒有人能持有這封信。

是媽嗎？浩美偷看在最前排垂著頭的母親。是母親受阿姨所託，趁昨晚把信藏在信箱裡嗎？如果是這樣，目的是什麼？就和剛才的推論一樣，是爲了勝子阿姨死後的名聲——這樣說是有些誇大了，總之是爲了證明勝子阿姨度過了了無遺憾的完美人生。

可是，這樣的話——

表示母親伊佐子知道這件事。因爲她協助了這個計畫。這樣的話，她應該會更早提起這封信吧？會把信放進信箱，是希望浩美或一樹，或是今天會來的阿保那些表哥表姊發現吧。既然如此，就算是旁敲側擊，也應該差不多要探探口風了才對。

想到這裡，浩美驚覺一件事。

把信藏在信箱的不是親人。因爲如果是親人想要自己人發現這封信，根本不必放在信箱，其他機會多的是。

親人的話，並不是喪禮結束就不再往來了。接下來還有三十五日的法事，四十九日的法事，還有納骨。還要整理遺物和遺產，分送遺物。如果想要揭露勝子阿姨過去的祕密悲戀，在那種機會說出來就行了。若無其事地說「咦，這是什麼？」從櫥櫃深處或抽屜底部拿出這封信就行了。這樣做更戲劇性、更令人印象深刻。

不是親人做的。

那，到底是誰把信放進那種地方的？

腦袋都快打結了。誦經的時候，浩美忍不住猛地抬頭，用力嘆了一口氣，一點都不像參加喪禮的家屬該有的舉動。就在這時，她看見那個今早在勝子阿姨的公寓前遇到的老阿伯，就待在一群參加者的角落。

6

機會只有出棺前的一下子而已。浩美甩開父母和親戚驚訝的眼神，穿過參加者之間，靠近那名男人。

對方也記得浩美，似乎也察覺了她靠近的意圖。他沒有逃走，只是有些內疚地垂下目光，站著不動。

「你是早上的那位先生，對吧？」

浩美壓低聲音問著，把他拉到人群後方。兩人來到大廳走廊，但又繼續往後面走，來到下樓的樓梯旁的吸菸處。

「那個時候謝謝你替我解圍。我眞的不知所措，多謝你幫我。」

今早老阿伯問路，當然是裝的。他應該不知道浩美是勝子阿姨的外甥女，但看到有年輕小姐遭到醉漢糾纏，還是出聲搭救了。

浩美道謝，對方默默點頭。他稍微抬起一手，低聲說：

「不，我也只幫得上這點忙而已……」

浩美單刀直入地問，「是你把信放進信箱的吧？對嗎？」

對方睜大了眼睛。與其說是驚訝，更像是想要透過注視浩美，讓她讀出眼睛裡的答案。

浩美覺得嘴唇發乾，心臟怦怦跳個不停。她握緊喪服衣領的緞帶，看著對方問，「你就是二十九年前，勝子阿姨原本要私奔的對象吧？」

這回男人的眼睛動了。眉毛怯懦地垂下，粗獷的雙手緊握，嘴唇欲言又止地動了動。浩美連珠炮似地說下去：

「這是我的推論，那封信——你寫了那封信，但結果最後還是沒有交給『幸運』的老闆，對不對？因爲上面的說詞實在太自私了，讓你覺得心虛。所以勝子阿姨沒有收到那封信，對嗎？阿姨就只是被放鴿子了，但阿姨自尊心很高，又很聰明，光是這樣，她就已經明白了一切——只是被放鴿子，即使沒有任何解釋，她也知道你的心已經離開她了。然後就像你期待的，她扮演一名聰明的女老師，果斷和你分手，完全沒有聲張……」

心跳愈來愈快，不光是因爲激動，或許是因爲氣憤這名男子在二十九年前對勝子阿姨的所作所爲。就算勝子阿姨是個難以親近的人，浩美也沒有被她疼愛的記憶，即使阿姨總是用瞧不起的眼神看人，但親人就是親人。

背後，一樣是親人之一的喪主動舅舅繼續致詞：

「故人勝子將一生奉獻給她的天職——作育英才——」

浩美朝男人更逼近一步，摸到他的袖子。

「但你得知阿姨過世的消息——我不曉得你是怎麼知道的，你應該是透過工作認識阿姨的吧？或許你也是老師，這樣的話，信中『不要鬧事』的要求就更迫切了吧。如果你是阿姨的同行，她過世的消息應該很快就會在同行圈子裡傳開。」

男人依舊垂著頭。距離這麼近，浩美看出他身上的鐵灰色西裝完全不是高檔貨，衣領邊角甚至有蟲蛀的痕跡。

「你得知阿姨過世，是不是覺得這是個好機會，可以把二十九年前沒能送出去的這封辯解的信交給她了？我好像可以理解你一直保留這封信的理由。想丟也不忍心丟……但既然對象勝子阿姨都已經過世了，留著信也沒有意義了。所以你覺得只要偷偷放進信箱裡，我們家屬就會幫忙處理掉，是嗎？」

同時雖然只有一點點，但也算是向勝子阿姨賠罪。是安慰她的在天之靈。

老伯抬頭，總算看向浩美，然後開口：

「小姐，我——」

然而他這句話沒能說到最後。不知不覺間，勳舅舅致詞結束，準備出棺了。參加者魚貫下樓來。然後順次姨丈硬是鑽過人群，跑到浩美旁邊來。黏膩地觀察著浩美的姨丈一樣注意到老伯，勃然大怒，是今早礙了我的好事的死老頭！

他冷不防抓住老伯的手大吼，「喂！」酒精讓他的音量不受控制。

「姨丈！你幹什麼！」

「你是誰！來偷白包的嗎！」

老伯似乎嚇得連話都說不出來，被順次姨丈扭著手臂地踉蹌後退。欺善怕惡的姨丈氣焰更是囂張，用力扭轉對方的手。他吐出來的酸臭呼吸，讓浩美都快吐了。

「住手！這個醉鬼！」

然而老伯和浩美根本不可能對抗得了四十出頭的順次姨丈被酒精點燃的蠻力。其他人聽到騷動趕來的前一刻，扭打的兩人失去平衡，老伯一腳踩了個空，摔下樓梯去了。

7

左大腿骨折，需療養四個月。

「平常的話，早就被告傷害罪了。」奈津子阿姨說，「聽說對方也有前科。好像是勝子姊以前當義工做心理諮商的『回歸社會中心』，在那裡受過她照顧的人。因此他也不想把事情鬧大，願意和解。」

這是喪禮和騷動過了約十天後的事。奈津子阿姨和浩美、母親伊佐子聚在家族佛壇所在的動舅舅家客廳。

三人正在合力整理白包的回禮和謝函的清單。舅媽君子雖然是長男媳婦，但這次因為是未婚大姑的喪禮，因此完全沒有干預，全交給夫家的人處理。不過她說會在休息時間請大家吃剛出爐的蛋糕，正在廚房忙著。

客廳角落，勝子阿姨的骨灰安置在君子舅媽插的新鮮佛花當中。嶄新的牌位反射著天花板上的螢光燈。

「不過這下順次也該清醒一些了吧。」伊佐子看著白包金額清單，爽快地說，「酒品差，又愛對女人毛手毛腳，糟糕透頂。對眞喜子或許也是一次教訓。」

「幸好浩美買的是便宜的喪服。」奈津子阿姨露出假牙笑道。她是在說浩美努力阻止發飆的順次時，喪服的袖子被整隻撕下來的事。

「眞喜子說要賠妳一件，就讓她破費買件高級貨吧。」伊佐子十分精打細算。

「不愧是媽。」

「來替我送行的時候，要穿貴的那件喔。」奈津子阿姨說，浩美拍了她一掌。這時君子舅媽端茶來了。

「奈津子，我老公會先走一步，好嗎？」舅媽笑道，又回廚房去了。

風波過去幾天後，浩美有機會和那名老伯好好地談了一下。那個時候她還沒有向母親和阿姨說明原委，因此一個人去赴約。

老伯名叫北野三郎。就像奈津子阿姨說的，有兩條竊盜前科。他專門闖空門、順手牽羊，身手很好，有段時期似乎是警察的眼中盯。但現在的他金盆洗手已經二十年，經營一家小餐館，也有妻兒。

讓他更生的就是勝子阿姨，以及回歸社會中心。兩人是在北野第二次服刑出獄，重返花花世界時認識的。也就是說，那是二十年以前的往事了。

北野都叫勝子阿姨「勝子老師」。他單純地這麼稱呼年紀比自己還小、不苟言笑、難以親近的女人。

「對勝子老師，我再怎麼感謝都感謝不盡。如果不是老師救了我，我現在一定早就死在工寮之類的地方，也沒人收屍了。」

但北野和勝子的關係不僅僅如此而已。

「二十九年前，我在埼玉縣的大宮站偷了一個男人的皮包。」

北野趁男人不注意時提走了他的行李。男人的皮包裡放著那封寫給勝子的信。

「平常我只會取走財物，不過那封信沒有寫收件人姓名，又封得很嚴實，我以爲裡面一定放了現金，所以拆開來看，沒想到是那種內容，眞是嚇壞了。」

信中男方自私自利的說詞令北野憤慨不已。對於決心拋棄一切和自己私奔的女人，這是哪門子說法？

「但已經無可挽回了。因爲我根本不記得物主長什麼樣子，只記得好像是個年近四十，抹了髮油的斯文男人。」

他更無法把信交給女人。線索只有「幸運」這個店名，而且也來不及了，私奔的時間是明天下午兩點——

「而且即使知道兩人約在哪裡會合，我也不想把信拿給那個女人。因爲這實在是……太殘忍了……」

因此他選擇了第三條路，把信就這樣壓了下來。

「雖然就算這樣做，也許男的又會重寫一封交出去而已，但我還是只能這麼做。」

他沒有把信丟掉，一直留在身邊。

「怎麼說呢……幹那種行當，經常會覺得好像偷看到別人的人生，不過那一次我卻覺得不只是偷看而已，而是偷走了別人的人生。只要我把信留下來當做證據，證明我偷走了這個女人不幸的命運，她就不會被男方反悔私奔、可以過著幸福的人生，我覺得好像可以這樣相信……」

三年後，北野因爲闖空門後銷贓不愼，被警方循線查到，關進監獄裡。

「那次落網讓我覺得自己已經不中用了，決心這次出獄以後，一定要金盆洗手。」

然後，偷走放有信件的皮包八年後，他拜訪了回歸社會更生中心，在那裡遇到了名叫「勝子」

的心理諮商師——

「一開始我以爲只是名字一樣。可是聊著聊著，聽到勝子老師三河島事故的時候因爲在日暮里下車而保住一命，我心想就是她沒錯。眞的完全是巧合，那個時候我打從心底驚訝極了。」

至今爲止，他從來沒有把這件事告訴任何人，當然也沒有告訴勝子阿姨。

「因爲勝子老師是老師啊。」北野微弱地笑著，「而且就算我把信壓下來，老師的人生也沒有變得比較好。因爲老師到最後還是沒有結婚。」

浩美坐在病床旁邊的高腳椅上，聆聽北野的話，她聞言慢慢地搖了搖頭，

「我不這麼認爲。」

「是嗎？」

「勝子阿姨受到這麼多人的愛戴呢。雖然不一定每個人都喜歡她，但她爲工作奉獻，這一生過得很有價值。」

北野是從回歸社會更生中心的朋友那裡得知勝子阿姨過世的消息的。他得知噩耗，當下的反應是：

「我心想，總算可以把那封信還給她了。」

他不想招搖地表明身分，說明原委歸還信件。只要看到信件內容，勝子以前發生過什麼事，一目瞭然。他說他希望私下把信交給家屬，請他們放入棺中一起燒掉之類的，所以才把信偷偷放進勝子住處的信箱，但因爲好奇接下來的發展，又跑去參加告別式。

聽完北野的說明後，浩美也將信件拿給母親和奈津子阿姨、勳舅舅和舅媽看，說出一切。母親和阿姨放聲大哭，不過那是欣慰的眼淚。

「放勝子姊鴿子的那個男人，現在在哪裡做什麼呢？」伊佐子說，奈津子阿姨笑道：

「不管怎麼樣，都已經是個老頭子了吧。」

「蛋糕快出爐嘍。」

君子舅媽跑來對專心對名單的三個人說：

「先把桌子收一收，休息一下吧。」

就在這時，玄關鈴響了。奈津子阿姨和君子舅媽同時「咦」了一聲。

「好像來了。」伊佐子也說。

「誰來了？」

「喏，那個新谷先生啊。守靈的時候他和太太兩個人一起來，不是嗎？他好像是勝子姊的老朋友，人面廣，又熱心。有些人我們家屬不清楚跟勝子姊的交情有多深，所以光看白包金額，不曉得該回多少禮才好，還有要不要邀請參加周年法會等等的，有很多細節。新谷先生說他可以提供建議，所以請他過來。」

新谷用手帕擦著頭髮稀疏的頭部和紅臉上的汗水現身了。

「哎呀，夏天都快過了還這麼熱。」他開朗地揚聲說著，一屁股坐了下來，「名單快處理好了嗎？」

「嗯，差不多了。」奈津子阿姨應道。
「勝子老師交遊廣闊，一定是件大工程吧。今天我本來要帶內子一起來幫忙，但不巧我女兒快生了，她在忙那邊的事。」
伊佐子笑逐顏開，「眞的嗎？太恭喜了。第幾個孫子？」
「這個就第四個了。」新谷笑得毫不保留。
「哇，生這麼多！」浩美笑道。
「這樣才熱鬧，很好啊。」奈津子阿姨也笑著說。
「是啊。我女兒眞的就是那種日本媽媽呢。我跟我老婆結果就只生了她這個女兒，我老婆一直耿耿於懷，覺得是不是不該取名叫『KAZUMI』，我罵她『笨蛋，我們家的KAZUMI是和平的「和美」，又不是一的「一美」，跟名字才沒有關係』（註）——」
新谷快活地繼續說著，但浩美已經聽不進去了。忽地一看，母親伊佐子和奈津子阿姨，還有站在廚房門口君子舅媽，每個人的視線都定在半空中。
和美。
和平的和美！

註：「一美」、「和美」等日本女性的名字，發音都是KAZUMI。

「啊，先用茶吧。」

君子舅媽打圓場似地說，奈津子阿姨也匆忙附和：

「我去洗個手。」

「君子，我去幫妳。」

「我去一下洗手間。」

四人同時聚集到新谷看不到的廚房角落，同時瞪圓了眼睛笑出來：

「是他？」

「不不不，不可以慌，和美這個名字很常見。」

「可是奈津子姊，這種情況還是——」

「錯不了。」

「會不會新谷先生根本不是熱心——」

「而是來湮滅證據的？」

「要不然就是來打探我們知不知情。」

「不過太可惜了。」浩美笑了，「勝負早已決定了。是勝子阿姨贏了！」

四人悄悄伸頭偷看客廳角落的遺照。

照片中的勝子還是老樣子，一臉肅穆。

chapter 6

骸原

1

光是聽到有客人，他就知道是誰來了。他正要從吱呀作響的旋轉椅起身，秋山就在背後說：

「探長，有人迷上你嘍。」

他用指頭勾起掛在椅背上的外套，一邊離席，對著背後說，「人家很可憐耶，這可不是什麼好笑的事。」

「探長還是老樣子，不懂幽默。」秋山摸著整理成率性造型的頭髮笑道，「和情人慢聊喔。」

他一把甩上門，擋掉追上來的奚落，強迫加快不由得舉步維艱的腳步，前往會見客人的小房間。

（探長啊……？）

自從十年前升上巡查部長以來，不管在哪裡他都被這麼稱呼。在職場是當然的，但連在自家也被這麼叫。

當然，他不認爲自己爲家人付出了足夠的時間。關於這一點，他多所反省，也感到虧欠，卻也認命地覺得這是沒辦法的事。家人應該也很清楚——不，他們家一直以來的環境，讓他們不得不接受父親因爲職業的關係，在各方面都沒辦法和一般上班族家庭相提並論。

即使如此，他應該是個還可以的丈夫和父親，兩個女兒應該也都能體諒父親。她們除了青春期那宛如熱病般的叛逆期之外，都算是聽話的乖孩子，個性明朗，他也努力讓孩子這樣成長。與妻子的關係也都很好。

除了一點之外——他太忙了。

然而都到了坐四望五的年紀，回到家以後，卻被妻子和兩個女兒叫「探長」，他到底是造了什麼孽？

理由之一，是他的結婚對象是職場的女同事。二十幾年前，妻子是交通課的女警。不過新婚的時候妻子叫他名字，大女兒出生不久，稱呼就變成了「爸爸」。然而小女兒出生沒多久，請父母搬過來同住，妻子請婆婆分擔家事，回歸職場後，發現這個稱呼問題多多。

「因爲叫『爸爸』，會有兩個人應聲啊。」

「我那麼少在家，不會搞混吧？」

「也不能這麼說啊。就算你不在，聊天的時候提到爸爸，就不知道是在講哪個爸爸了。孩子也是，每次我說『爸爸』，她們都要問，『哪個爸爸？爸爸還是爺爺？』」

因此，辦公室婚姻的陰影逐漸籠罩上來了。

「你現在是巡查部長，對吧？那在家就叫你巡查部長好了。」

他完全無法贊同。

「這樣我在家根本無法放鬆啊！」

「會嗎？我覺得很帥啊。」

即使兩人都在上班，與孩子相處的時間，還是妻子壓倒性地更長。母親說的話對孩子——尤其是和母親感情好的女兒來說，效力就近乎聖旨。

很快地，他熬完一整夜在清晨回到家，會在玄關被擦身而過的女兒招呼，

「巡查部長大人，我出門了。」

他實在氣不過，向妻子埋怨：

「那妳也讓她們叫妳『女警小姐』看看。因爲家裡也有兩個『媽媽』不是嗎？」

結果妻子反駁，「就是這一點有意思，孩子們就算聽到『媽媽』也不會搞混，知道是在說我還是奶奶，眞的很奇妙呢。」

去他的「奇妙」。但是在家的時候他仔細觀察，眞的就像妻子說的那樣。

「或許這就是父親和母親的不同。」妻子甚至這麼說，他無從反駁。因爲他自己也覺得或許就是這樣。

如此這般，「巡查部長」的稱呼在家裡固定下來了。後來他升了官，稱呼就變成了「探長」。關於這件事，沒有任何人埋怨、不滿或有所不便，每個人都覺得非常方便順口。

除了他本人以外。

他經過短廊，敲了敲暗沉的鉛灰色門板。沒有回應，但他隔了一拍呼吸打開門，坐在老舊的灰色沙發上的客人便驀地站了起來。

橋場秀男，四十七歲。

中年，身材中等。那張臉就像上帝在捏泥巴塑人形的時候，捏得煩了，用一隻手隨便捏出來的。看到這個人，探長總是會想起以前還在保安課的時候逮到的一個摸摸茶的老闆。

這名老闆因爲讓未成年少女在店裡工作，被依違反風俗營業法逮捕，然而細查之下，才發現實情並非如此。其實是受到法律「保護」的少女在應徵時謊報年齡，而且還拿早已成年的姊姊的戶籍謄本欺騙老闆。等於不知道誰才是受害者，然而遭到法院制裁的卻是老闆，他在被告席上淚如雨下，而且不是假哭，但所有人都無能爲力。這名老闆從父母手中繼承了鬧區租地權和店鋪租借權，然而遺產稅金額高到幾乎把人嚇到眼珠子跳出來彈到對面牆壁上，他評估如果經營正派生意，實在無法充分運用資產，賺到足以支付遺產稅的收入，只得涉足色情行業，因此更教人同情了。而且他在辭掉上班族工作之前，原本是個老實的會計人員。

「老天爺根本是有眼無珠。」他在偵訊室裡大哭，但探長（當時是巡查部長）心想，老天爺還是在看的，只是當你需要老天爺時，都不巧碰到祂休假而已。

「探長，抱歉在你百忙之中打擾。」

橋場起身，身體彎成九十度，行了個最敬禮。每當這名訪客對他深深行禮，他總是感到不知所措，說是芒刺在背也行。因爲他根本不應該受這樣的禮。探長完全沒幫過他什麼。不過探長想我是一塊螢幕，橋場只要想把他腦袋裡播放的影片投射出來，就會跑來找我。

「啊，不得了了，又出事了。」

寒暄完落坐，探長還沒有完全坐下來，橋場便性急地說了起來。

「骸原又犯案了！這個社會到底是怎麼了？」

探長從襯衫胸袋裡掏出Hi-Lite牌香菸，敲出一根叼進口中，謹愼地刺探。

「那……不是我們轄區的案子吧？」

見橋場深深點頭，探長鬆了一口氣。前陣子他不小心說「那不是我們轄區的案子，我不曉得」，遭到嚴重反擊。橋場拿出剪報，「看，是這個案子啊！不就是探長你們這裡的命案嗎！」探頭一看，確實是轄區的命案，他接下來費了好大一番工夫才把話圓回來。

「我帶來了，請看。」

一如往常，橋場從外袋內袋掏出了剪報。在這回第五次的「拜訪」之後，橋場應該會回家，將這則剪報貼到他的剪貼簿上。一想到那個景象，連下班後的酒都會變得難以下嚥，因此探長都盡量不去想。

橋場掏出來的剪報很小，差不多就是塡版面的小新聞。

標題是「愛情賓館命案　死者男友落網」。上週末池袋一家愛情賓館有一名三十五歲女人遭人刺死，賓館門口的隱藏式監視器拍到和女人一起登記入住的男子身影，警方透過影像，逮捕到與死者交往的四十二歲無業男子——是這樣的情節。

對探長來說，是個毫無特別之處的平凡命案。一般來說，除非是極特殊的情況，否則這類命案，都自有符合的兇手。

然而橋場激動萬分：

「這已經是第五個人了。第五個犧牲者。我很害怕，眞的非常害怕啊，探長。」

「是啊，眞是可怕。」

探長瞇眼望著繚繞的煙霧，慢慢地答道。

「太殘忍了。」

「眞的很殘忍啊！」

橋場張大了那張皺成一團的臉抗議。

「都已經連續這麼多起案子了，警方怎麼還這麼悠哉！這個樣子，這些連續殺人案到底什麼時候才能畫下句點？往後不知道還會有多少人被殺……」

這種說法聽到第五遍，也實在令人難耐了。我應該比自己以爲的還要厭倦了，探長想。

橋場不理會探長的感受，兀自滔滔不絕。

「探長，我一想到接下來又會有人犧牲，連晚上都睡不著覺，甚至連飯都吃不下了。」

所以才會一直找不到工作吧？探長聰明地藏住這個問題，默默點頭。

「可以依靠的就只有探長了。因爲探長很清楚骸原這個人。請快點逮住他吧。拜託你，拜託！」

「當然，當然，我明白。」

「你答應我了，真的拜託了！」

橋場再次畢恭畢敬地行禮。以前在區公所的住民課上班時，面對來申請住民票或印鑑證明的無權無勢小市民，他應該也都像這樣彬彬有禮地鞠躬，在窗口招呼「辛苦了」。事實上，在遭遇那場橫禍之前，橋場的風評非常好。被逮捕的時候，收到了大量要求減刑的陳情書。

每次一想到這裡，探長總是無比憐憫橋場。橋場完全沒有做錯任何事，只是在老天爺休假的時候，在不對的時機、在不對的地方遇到了不對的人，卻因此人生破滅了。他失去飯碗、家庭崩壞，留下來的只有微薄的積蓄，以及在腦中反覆重播、只有他能理解的影片……

「探長，請你一定、務必要逮到骸原。拜託你了。」

橋場上半身前傾，握住探長的手懇求。在他漫長的警察生涯當中，被人如此誠懇地哀求的次數，也只有寥寥可數的一兩次而已。但橋場每次都留下如此誠摯的懇求。

「好的，我會竭盡全力。」

探長握住橋場的手，很快地放開，點了點頭。

「所以橋場先生，請你放心吧。晚上睡得好嗎？」

「嗯……還好。有時候睡前我會喝點啤酒。」

人生變調前，橋場滴酒不沾。但這也成了災難的導火線——在滿是醉漢的巷弄裡，他是唯一一名神智清醒的懦弱男子。

「那就好。不過睡前喝啤酒，容易讓肚子著涼。尤其接下來就要入秋了，乾脆換喝白蘭地之類的如何？」

橋場意外地露出羞愧無比的表情，「可是，白蘭地很貴……」

探長露出笑容，「價差很大的。雖然貴的酒當然比較好喝。啊，那些貴的酒，我也只喝別人送的。對了，家裡還有一瓶還沒開的，好像是拿破崙吧，下次我送給你，你喝喝看吧。」

「這太不好意思了。」

「哪裡。橋場先生對辦案貢獻這麼多，這是我個人的一點小心意。而且我也希望你快點振作起來。」

探長看到低頭的橋場淚濕了眼眶，忍不住語塞。他坐立難安地掏出菸來點火。

「對了，工作方面怎麼樣？有沒有找到不錯的機會？」

一般的公所公務員，一旦辭職，就很難轉換跑道。探長擔心光是這樣就會很難找到下一份工作，但橋場的情況，又加上了太多不利的因素。

「不太……順利。」

橋場縮起身體回答，探長拍了一下他的肩。

「不可以這樣垂頭喪氣。不管別人說什麼，都別放在心上。你完全不需要羞恥，因爲你根本沒有犯罪啊，知道嗎？」

橋場像個孩子般點了點頭，怯怯地抬眼問：

「探長，像我這樣的人，如果實在是過不下去了，也可以申請生活保護嗎？」

這不是探長的業務範圍，但情勢使然，他忍不住點頭了。

「當然可以。」

因爲聽起來像在隨口打包票，探長急忙接著說：

「而且才不會演變成那樣呢，一定有公司需要你的。不可以老是想些消極的事。」

「是啊。」橋場總算露出抑鬱的笑容，「老實說，會在睡前喝啤酒，也是因爲會忍不住去想這些。」

「別再胡思亂想了。」

或許是稍微提起了一點精神，又或是播放完腦中的影片，心滿意足了，橋場站了起來。

「抱歉打擾你工作了。」又是最敬禮，「可是探長，眞的拜託你，請一定要阻止骸原繼續殺人。」

「會的，我保證。」

探長開門，目送垮著肩膀、無精打采地離去的橋場，關上房門靠在上面。他累壞了。一個人抽根菸再回去座位吧。

望向桌面時，他發現橋場第一次忘了把剪報帶走。瞬間他想要追上去交給他，但又打消了念頭。橋場的話，如果發現剪報不在手邊，應該會跑去圖書館影印剪貼吧。他那麼一絲不苟。

「愛情賓館命案　死者男友落網」。

內文寫出落網的嫌犯姓名。

「柏田洋司」

「柏田洋司……」探長唸出聲來。

不管怎麼拆開重組，「柏田」就是「柏田」，不是「骸原」。不可能看成這兩個字。但是看在可憐的橋場秀男眼中卻是如此，所以才會是「骸原連續殺人案」。

2

距今一年半前，三月底的某個夜晚，橋場秀男參加調職的同事歡送會，會後又去別處續攤喝酒，正要走進澀谷中央街的入口。

他們一行五個人，只有橋場一個人沒喝醉。其他四個人也不是喝到爛醉，只是開懷地扯著嗓門說話。調職的同事算是榮升，而且才剛買了自己的房子，正值人生得意時，因此歡送的人也可以毫無芥蒂地盡情暢飲吧。

負責偵訊和辦案的探長直到現在，也都不是很清楚那天晚上橋場究竟怎麼會被捲入那種事、原因到底是什麼。同時，他也覺得這或許是無可奈何的事。因爲當時的狀況，完全只能說是「無端被找碴」。

在橋場的記憶中，完全沒有擦身而過時撞到肩膀、哈哈大笑時跟對人對上眼這類老套的衝突原因。總之，他冷不防被人從背後抓住肩膀，大罵：

「你裝模作樣什麼啊！」

被年約二十五、外表吊兒郎當的年輕人粗啞地大罵，橋場嚇了一大跳，張大眼睛望過去，一把瑞士刀赫然就在眼前——據說是這樣的狀況。

也沒有「誰准你這死老百姓在這裡走路！」這類唾罵。刀子比叫罵更先亮相。因爲看到刀子突然刺上來，橋場尖叫著逃跑。

但澀谷的中央街無時無刻都熱鬧擁擠得宛如即將爆滿的電車車廂，而且不幸的是，那天是星期五週末夜。手腳靈活的人，或許反而容易混進人群中逃走，但對於西裝革履、一手提著公事包的中年男子來說，應該比在噩夢中逃命更要困難吧。刀子從身後割開了一邊的西裝袖子，橋場正嚇得退後，被一把抓住後頸拎了起來，就像抓貓一樣。對方比橋場足足高出了三十公分。

「我自己也不記得是什麼狀況。」

橋場再三如此聲明。他說他只是害怕極了，完全沒有想到要如何脫困。在一旁看著的同事也都嚇得動彈不得，甚至無法出聲。

橋場人懸在半空中，雙腳亂踢，嘴巴一張一合，連聲音都發不出來。這時剛好在場的大學生可能是看不下去，衝上前來，撞開了抓住橋場的年輕人。三個人疊在一起倒在地上。

最先爬起來的是大學生，接著起身的是抓狂的年輕人，他的手上還抓著刀子。橋場說，還趴在地上的他，也能看見厚實的刀身反射出漢堡店招牌的燈光，熠熠生輝。

「大學生會被刺！我一想到這裡，拚命抱住年輕人的膝蓋。正要攻擊大學生的年輕人失去平衡，一頭栽倒。我聽到叩！的一聲，應該是腦袋撞到混凝土地了。」

年輕人遭這麼一撞，終於放開了刀子。橋場拚了老命將刀子撿到手，自然而然地刀尖向前舉在身前。探長認爲在這種狀況下遇襲，又幸運從對方手中搶到凶器，一百個人裡面，有一百個都會做出一樣的動作，然而這部分卻被檢警認爲「有殺意」，在事後衍生出種種棘手的問題。

「對方朝我撲來，嚷嚷著揮舞手臂，一拳打在我的臉上，口水也噴了上來。我只能使盡全力握住刀子。」橋場如此陳述。至於最後怎麼了——

「因爲對方瘋狂地朝我衝來，我閉上眼睛，雙手握著刀子，結果——」

攻擊橋場的男子目不斜視地直撲而來，被自己的刀子插進了自己的左胸。

男子「砰」地一聲仰躺在地，周圍恐慌的尖叫四起，遠方警笛聲逐漸逼近，在這當中，橋場目瞪口呆，緊握著刀子，連指頭關節都泛白突出，只是呆呆站著。沒有人靠近他。一度見義勇爲的大學生也腿軟似地癱坐在地上。

結果是趕到的警車員警從橋場手中取下了刀子。橋場說他因爲嚇壞了，一開始連站在旁邊的人是警察、有人叫他丟掉刀子，他都完全沒發現。這也是不幸之一，造成了日後的爭議。

「回過神的時候，我居然嚇到都失禁了。」

被當場逮捕的橋場甚至沒辦法換掉尿濕的褲子，就這樣接受警方的訊問。他就是在這時候見到探長的。

遭殺害的「結果上的被害人」是當地的混混集團出身，有持有毒品的前科，不過在查到這些資料以前，探長就認爲這是一起正當防衛。因爲橋場的態度讓他這麼感覺。但法治國家沒那麼隨便，會直接採用這類直覺認定。即使死者血液中驗出毒品、有一大堆目擊者——當然包括那名大學生——可以詳盡描述當時的狀況，還是沒辦法說橋場秀男犯下的「殺人」是正當防衛、並沒有殺意，直接以不起訴結案。最後案子仍然交由法院做出判決。

不過唯一對橋場來說幸運的是，負責這起案子的法官裡面有名女法官。這名女法官記得某個可憐的脫衣舞孃的案子，舞孃因爲遭到醉漢糾纏騷擾，感到威脅，推開對方，結果對方一個踉蹌跌下軌道，被電車撞死，然而正當防衛的主張一樣在偵辦階段沒有被接納，進入司法程序，最後終於贏得無罪判決。從案件的性質及法律解釋來看，推開糾纏的對象與拿刀對著別人，似乎是天差地遠，但女法官以這起判例爲根據，全力主張橋場無罪。報紙上刊登的判決主文摘要看起來枯燥乏味，但據探長聽到的眞實小道消息，合議庭上這名女法官慷慨陳詞，其熱情與迫力，似乎讓在場的人聽了都不禁正襟危坐。除此之外，還有同事的陳情書、媒體對橋場同情的報導喚起的輿論力量。

然而——

什麼嘛，結果判決是正當防衛，那不就好了嗎？可以無罪回家了嘛——如果有人這麼想，那就太天眞了。

俗諺說，過了喉嚨就毋知燒。這句話在字面本身就是眞理，然而反過來亦是如此。

原本支持橋場的人——尤其是同事和親戚，沉浸在「不能讓無力的市民成為暴力的犧牲品」、「難道要叫善良百姓遇到攻擊就乖乖被宰嗎」等輿論氛圍時，由於喉嚨的溫度一樣火燙，因此可以毫無所感地全面支持。然而當案子有了結果，橋場回來以後——回到原本的地方以後，他們突然發現冷下來的喉嚨，竟難以嚥下他這個人了。

就算是正當防衛、就算是逼不得已，橋場終究是殺了一個人。

這個事實就好像在胃鏡檢查中發現的極小的腫瘤。不是癌症，也不是惡性腫瘤，可是只要吃東西，就會覺得不舒服；而吃飯又是每天的事。

最好切除吧——遲早會有人發難。

工作方面，橋場是地方公務員這件事，是最糟糕的一點。這種機構的高層特別狡猾，絕對不會開口要求別人辭職，而是會搞到本人待不下去，不得不走路。事實上，橋場秀男就在重獲清白，步出法庭剛好三個月後，自願離職了。

家庭方面，過程更要複雜些，也因此更為悲慘。橋場當時和結縭十五年的妻子還有十三歲的獨生女住在一起。他們一家人先是被鄰居一步步排擠，終於女兒也在學校遭到霸凌。就在橋場辭掉公所的工作後，這些情況變本加厲，甚至發生女兒留下遺書離家出走的風波。娘家迂腐的親戚不斷遊說妻子，說不管怎麼樣，殺人就是殺人，跟那種人離婚才是上策，太太夾在親戚和丈夫之間，苦惱到幾乎一口氣老了十歲。

橋場夫妻疲倦萬分，協議離婚，橋場將積銖累寸存下來的積蓄大半都給了妻子，也讓出女兒的監護權，搬出家裡。這是得到無罪判決後剛好半年的事。

從那之後，還不到三個月。而距離橋場第一次來「拜訪」探長，還不到兩個月。不管是審理期間還是之後，探長都一直默默關心、照顧著橋場。

橋場第一次來的時候，探長就注意到他不太對勁。不，就算不是探長，任何人應該都會這麼懷疑。因爲橋場帶著殺人命案的剪報，嚷嚷：

「看，骸原又殺人了。怎麼會這樣？爲什麼讓這種人繼續逍遙法外——」

探長驚訝地看著剪報，那是一起殺害獨居年輕女人的凶殘事件，遇害的是二十一歲的女大生，兇手金谷龍彥是有三項前科的無業男子。

金谷龍彥。然而看在橋場眼中，卻是「骸原」。

骸原是攻擊橋場，反過來遭他「殺害」的年輕毒蟲的姓。姓骸原，名正義，這個名字實在太過諷刺。

第一次得知死者的姓氏時，探長懷疑是假名。不過死者安分守己地務農的父母說，「骸原」眞的是他們家族的姓，以前字面寫作「六九六原」。

「我爺爺說，我們祖先在山邊有很多零碎不連續的土地，比較大的地方只有三塊，然後那三塊地分別是六反（註）、九反和六反，所以姓就叫六九六原。」

註：反爲日本傳統面積單位，一反約爲九九一．七平方公尺。

不知何時開始，「六九六」（mukuro）改成了同音的「骸」（mukuro）這個字，變成了「骸原」——據說是這樣的由來。

無論如何，這個姓氏令人印象深刻。它深深地烙印在橋場的內心，所以才會引發現在這樣的混亂吧。

第二次「拜訪」時，橋場帶來的是發生在田無的強盜殺人案。似乎是行竊失風轉爲殺人，歹徒將親子三人——其中之一還是嬰兒——活活打死，逃亡前還潑汽油點火，然而得手的贓款僅有少少的五萬圓。手段之凶殘，讓負責偵辦的當地警方一開始甚至懷疑是僞裝成強盜殺人的仇殺。

幸好歹徒留下了大量證跡，不到一星期就逮到人了。落網的三十歲嫌犯曾是上班族，受到不景氣影響，才剛遭到公司裁員，但沒有前科。會鎖定被害人的家，本人說「完全是臨時起意」。

歹徒名叫鹿島勝司，但橋場卻說「看，又是骸原」——

第三起幼童肇逃事件，還有第四起情侶命案也都一樣。歹徒落網，報上登出他們的姓名。然後橋場看到報導，把這些歹徒的姓名都看成了「骸原」。

探長立刻就看出他不太對勁，但一開始還是充分留意不要刺激他，反覆說明歹徒不叫「骸原」，只是橋場的心讓他這麼以爲。眞的骸原已經死了，不在世上了，但他也很快就發現自己是對牛彈琴。

就這樣，狀況變成了發生多起已經死亡的「骸原」連續犯下「凶惡犯罪」。

「探長，這太可怕了。難道不是嗎？骸原——那麼可怕的惡煞到現在都還沒有被捕，不斷殺人。」

探長也曾板著臉看著正經八百地這麼傾訴的橋場，很想告訴他，「可是那個骸原已經被你殺死了，你忘了嗎？」橋場的心已經失常了，即使說服還是訓誡，都是白費工夫。

全國各地每天都有命案在發生，會上報的只占其中一小部分，但數量也不少。

奇妙的是，橋場不會把上報的每一起命案都說成是骸原幹的。他會從其中挑選一個來申訴。

因此每次橋場來訪，開始報告，「探長，骸原又犯案了！」探長就必須煞費苦心去猜到底是哪一起命案，好配合他的話。如果橋場從一開始就拿出剪報，那就容易了，但並不是每一次都這麼順利，所以一開始必須順著他的話，然後旁敲側擊。因爲探長實在不知道橋場到底是根據什麼，來挑選、判定「這是骸原犯的案子，這個不是」。

如果只是傻眼、忍俊不禁，隨便把他打發，那就容易了。但看著橋場來訪，每次都禮貌周到地爲打擾他的工作致歉，談論骸原犯下的連續殺人案，打從心底害怕的模樣，探長也漸漸覺得或許不能置之不理了。

「橋場是不是應該去看個心理醫生？」

有一次他對秋山這麼提起。秋山是探長的部下裡面最年輕的一個，家裡非常有錢，聲稱「好像很刺激有趣，所以進來當警察」，卻也沒吃過什麼苦，就順利當上了便衣刑警。這個年輕人當著滿臉憂愁的探長的面噗嗤一聲笑出來，「看醫生也沒用啦。那個阿伯已經沒救了，別理他不就好了？」

「可是……不是很可憐嗎？」

「要是同情世上每一個人，自己會先崩潰吧。至少我可不是德蕾莎修女。」

就算沒有德蕾莎修女那麼偉大，以前探長在秋山這個年紀，聽說松川事件（註）那時候，作家廣津和郎爲了被告粉身碎骨地奔波，別人問他又不是律師，爲什麼要爲這些被告這麼拚命，廣津說，「看到別人的腳被踩，難道你不覺得痛嗎？」探長純粹地感動不已，因此實在沒辦法像秋山那樣無情切割，也不想這麼做。

因此橋場那脫軌的人生、破碎的心，縈繞在探長的腦中不去。他還買來深奧的心理學書籍閱讀。但是寫給探長這種外行人看的書，沒有深入探究這類特殊案例的內容，而專家寫給專家看的書，又不是不學無術的探長看得懂的。

不過最近探長也有了一些想法，也就是他認爲橋場應該還是受到罪惡感所折磨。

法律也認定橋場是正當防衛。他並沒有犯罪，可以告訴自己他是個好人。然而實際上，他的家庭崩壞，也失去了工作。過去的人生累積起來的一切，都因爲那起案子而失去了。自己才是被害人……儘管這麼想，親手奪走一個人的生命的記憶卻折磨著他的心。在這樣的心理衝突當中，我沒有錯——可是我殺了人——不，那是逼不得已的事——橋場騎在這種陰沉的旋轉木馬上不停旋轉，想要藉由無數次從外界確認「我會殺掉骸原，是因爲他眞的是個十惡不赦的壞人，是邪惡的人」，來找到出口，是不是這樣？

所以每次在報紙上看到凶惡罪犯的足跡，他就會想，「看，骸原又殺人了。」這也印證了「骸

原還活著，我並沒有殺他」的理論。

橋場現在的生活，就像是岌岌可危地站在這彼此矛盾的兩座橋墩上。橋場的心底深處，連他自己都沒有意識到的部分，試圖藉由這樣做，來勉強撐住他的精神，使其不致於沉沒到吃水線以下吧。

這完全是探長個人的推論，但他覺得應該猜中了七八分。同時如果眞是如此，除非盤踞在橋場內心的強烈罪惡感消失，否則他永遠都無法重新振作。

探長鬱悶極了。或許是因爲如此，最近他的身體狀況非常差。尤其是胃。有時候那強烈的抽痛，讓他覺得彷彿胃本身化成了腫瘍一樣。

（這樣可沒辦法長命百歲。）

這又是個令人沮喪的感慨。

這天晚上，就在探長準備下班回家的時候，報社記者木村不期而至。他是轄區內全國性大報的分社編輯台人員，兩人認識已有十年以上。幸好探長的轄區在都內也算是比較和平的，很少發生命

註：松川事件是一九四九年八月十七日，國鐵東北本線福島縣松川站至金谷川站之間發生的列車翻覆事故，造成三人死亡。經調查後，發現鐵軌遭人動手腳，多名嫌犯被捕，但未能查出眞兇，最後嫌犯皆獲無罪釋放。

案等大案，因此木村不是趁下班時間跑來探聽獨家，而是比較接近個人交流的往來。

由於橋場才剛來「拜訪」過，探長正開始覺得胃底陣陣抽痛，看到酒友來訪，心情舒緩了許多，但又覺得應該要節制酒量。

木村不愧是記者，相當敏感，立刻看出探長的臉色不對。

「看你悶悶不樂的。」

探長曖昧地笑笑帶過。即使兩人是知心好友，對方再怎麼說都是媒體。如果隨便將橋場的問題說出去，不知道會以什麼樣的形式變成報上新聞。沉默是金。

不過探長靈機一動，「對了，池袋的賓館命案，兇手落網了，對吧？」

「對，是死者的這個。」木村豎起大拇指示意男人，「怎麼了嗎？」

「如果是這個──」探長也豎起拇指，「怎麼會殺自己的女人？是鬧分手，談判破裂嗎？」

意外的是，木村露出有些困擾的表情。

「哦，這件事，我也只是聽警視廳那邊的同事提起而已，好像轄區也很懊惱。」

「怎麼會？」

「因爲動機模糊不清。」

「動機？」探長把喝到一半的杯子擱到一旁，「動機不就是感情糾紛嗎？」

木村點點頭，「一般來想是這樣。可是兇手──嫌犯和死者好像已經交往五年以上了。命案那時候，兩人的感情好像也沒什麼問題。」

「眞的假的？」

「至少男方是這麼供稱的，因此他沒有理由殺自己的女人。好像也沒有金錢問題，卻把人給殺了，所以他說，怎麼說，一定是鬼迷心竅。」

「他們交往這麼久，怎麼會跑去什麼賓館？」

「女方是有婦之夫。」

探長苦笑，「這就是動機吧？」

「是啊……。可是總之男人堅稱，他沒有理由殺女人。還說命案當天也是，甚至沒有起半點口角。不過他說就只有那天，覺得女人的服裝還是化妝很招搖，不成體統，讓他看了很不順眼。」

木村喝了口變淡的兌水酒，又想起來似地接著說：

「這麼說來，嫌犯是自營中古車商，現在不是不景氣嗎？生意慘澹，似乎讓他壓力非常大。而且他又有胃潰瘍，他好像很擔心可能是癌症。人生只要遇上一個坎，就會連鎖反應似地，所有的事情都愈想愈糟糕嗎？雖然還不清楚，但進入審理以後，可能會碰上精神鑑定的問題。因爲行凶的時候好像也喝了酒。」

探長把杯子裡的酒全部倒進菸灰缸了。胃好痛。

一起吃過熱騰騰的茶泡飯後，木村告辭，探長忽然想到一件事。

「喂，我想倚仗你那一流的資訊蒐集能力，拜託你一件事。」

「咦，這麼鄭重其事。什麼事？」

「有些案子，我想請你幫我蒐集一下像今晚說的那些內容。」

探長列出橋場之前和他說過的「骸原連續殺人案」的其餘四起案子。

「查這些要做什麼？」木村寫了下來，表情奇妙，「而且裡面也有你自己轄區的案子——」

「嗯。可是自己人問東問西，會有點麻煩。可以拜託你嗎？」

「小菜一碟。不過……」

木村的表情就像嗅到四個街區外的廚房飄過來的秋刀魚香味的野貓。

「背後有什麼嗎？」

「沒有啦。」探長強烈否認，連自己都覺得演得太假了，辯解地說，「只是我個人好奇。其實我打算總有一天要寫下自己的警察生涯，是要當做那時候的資料。」

「眞的嗎？完成了以後請告訴我，我介紹出版社給你。」

「那可是遙遙無期的未來。」

探長話一說完，感到一陣欲嘔，胃又痛了起來。他勉強維持笑容，直到木村轉身離去。

3

接下來一段日子，乍看之下平靜地過去了。由於不是警視廳，即使是探長這樣的職位，也不是一年到頭忙得不可開交。雖然小案不斷，但絕大多數都只需要文書處理。橋場也沒有再來。

然而探長的內心卻與外在截然相反。腦袋有一半總是隨時被骸原的事所占據，稍一放鬆，橋場悲傷的臉就會浮現腦海。

胃痛也一直沒有好。有時候一整天舒舒服服，但一痛起來，三更半夜都會被痛醒。好幾次他趴在床上，一個人冷汗直流。

這樣的情形持續著，終於某天妻子察覺醒來，問他怎麼了？當時探長冷漠地說一下子就好了，瞞混過去，但隔天早上，他毫無食欲地攪動著早飯時，穿戴好準備出門上班的大女兒在餐桌對面坐下來說：

「探長，我聽媽說了，你昨晚胃痛到哀哀叫？去看一下醫生比較好吧。從以前就一直叫你去了，這麼討厭看醫生，眞教人頭痛。」

探長不吭聲，臭著一張臉。這時，讀短大的小女兒也跟著下樓吃早飯了。

「早～」她打著哈欠，「咦，探長的臉色好像不太好？」

「吵死了！」

探長吼道，聲音大到連自己都嚇了一跳。兩個女兒同時定住了。甚至沒有眨眼，就好像在玩一二三木頭人的小孩子，鬼回頭了！

「怎麼了？」

「幹嘛啊？」

母親和妻子說著從廚房走出來。

「一大清早就大小聲的，是怎麼啦？」

母親以責怪的眼神看探長。這似乎解除了眾人的僵硬，小女兒喃喃說道，「探長眞是莫名其妙」，妻子和大女兒則是面面相覷。

「我出門了。」探長離開椅子。

「去哪？」大女兒問。

「當然是去上班。」

「還以爲你是要去醫院。」

「別說了。」妻子小聲罵大女兒。沒有人送他去玄關。

探長穿好鞋，打開聊備一格的外門，遇上剛好遛狗回來的父親。每天早上牽著年紀差不多的老狗去散步，算是父親的健身運動。

「今天好像會下雨。」父親悠閒地招呼說，但見探長一臉凝重，便問：

「是出了什麼大案子嗎？」

探長俯視坐在父親腳邊的老狗。老狗耳朵下垂，眼睛混濁，瘦骨嶙峋，但表情看起來一派和平。

「我也想快點變成爸這樣。」

探長喃喃道，快步往車站走去，只留下一臉怔愣的老狗。

到了中午，早上的失態開始讓探長愈想愈丟臉，忽然想要打電話去大女兒的公司。有趣的是，如果家裡發生什麼衝突，負責調停的總是大女兒。當然，是從她懂事以後才這樣，不過仔細想想，雙薪家庭，而且兩邊都是警察，加上與高齡父母同住，這樣的家庭可以說是處處暗藏火種，但大女兒從很小的時候就一直扮演著吸震器的角色。

「我好像聯合國的停戰監督團。」本人也這麼說。

若要分析，探長自己和妻子都太靠近前線了，沒辦法扮演這種角色。小女兒一下子就會靠攏其中一方。大女兒同時具備俯瞰前線的視野，以及保持距離、避免被前線飛來的火星波及的聰慧。

而且大女兒的公司就在探長任職的警署可以徒步抵達的距離。打電話給她，請她吃個午飯好了。如此一來，大女兒自會巧妙地為他調解，今晚回家的時候，家裡的氣氛或許會緩和一些。

然而他的計畫未能付諸實行。幾乎就在他伸手要拿起電話的同時，股長突然叫他，說有緊急狀況。探長嘆氣站了起來。

不過聽到股長描述的狀況，他真心覺得幸好那時候沒有離開。

因為真的出了緊急大事。探長的部下，算是他負責帶的新人秋山疑似在跟一個女人交往，而那個女人是因違反槍械法遭到逮捕、正在等待開庭的嫌犯的女友。

「誤會啦。」秋山說，一副一笑置之的態度。探長刻意借了這間會議深談，好避人耳目，但秋山那瞧不起人的笑聲大到感覺連旁邊的刑警辦公室都能聽見。

「可是有人看到。」探長瞪他。

股長不願透露消息來源，探長也知道規矩，沒有追根究柢，只向股長確定消息準確度高嗎？消息來源可靠嗎？

反過來說，這表示探長並不信任秋山，沒辦法捍衛「秋山絕對不可能做這種事，這一定是空穴來風」。不，他無法相信秋山。

同時，自己把部下帶成這樣，也讓探長感到難以言喻的挫敗和窩囊。

「有人看到你跟女人走在一起。」

「是誰打這種無聊的小報告？探長灑小錢收買的那些骯髒小混混線民嗎？」

秋山一副嗤之以鼻的態度，眼角卻在抽動。兩人完全沒有坐下，一直站著。如果現在這一瞬間探頭看桌子底下，或許可以看見秋山正用力踩穩，免得被探長看出他的膝蓋正在發抖。

這消息是真的。

探長感到絕望直沉心底，就好像從四樓窗外扔出去的行李箱，可以聽見它劃過內心半空的呼嘯聲，感受到它「咚！」地一聲落地的震動。

秋山在互瞪中敗下陣來，但不承認自己落敗，依然面露笑容，聳了聳肩，「才兩次而已。」

「但你真的跟那個女人見面？」

「對啦。她一直邀我，而且也不是長得不能看。」

探長握緊會議室的椅背。

「你、明白、自己、是什麼、身分嗎？」

探長一字一句擠出來地說，秋山沒有回話。

「你應該也知道她是誰的女人，那傢伙就快開庭了！你又是那傢伙的案件負責人。要是這件事被民眾知道，你知道會有什麼後果吧？」

秋山沉默不語，但沒多久便懶散地說，「沒事的啦，反正只是玩玩，又不是認眞的。」

「不是認眞的更糟糕！」

探長從來沒有像現在這樣，覺得自己的怒吼聽起來如此空洞。

「我不會再去找她了，這樣就行了吧？反正又還沒有人知道，民眾不曉得的啦。」

秋山撂下話似地說，離開會議室了。

囂張的臭小子囂張的囂張的只會耍嘴皮子的囂張的臭小子——

探長惡狠狠地抓著椅背，抓得手都痛了。這張椅背顯然是代替探長眞正想要掐死的人在這裡受過。

椅背吱呀作響。

4

錯過與家人和解的機會，再加上秋山的事，情況更糟了。探長帶著胃痛，不管是待在家裡還是警署，無時無刻都覺得宛如處在寒風吹拂中。

就在這時候，木村帶著委託的調查結果拜訪探長家了。木村雖然是外人，但因爲是老交情了，似乎隱約察覺了探長一家人的氣氛不太對勁。他沒有久留。

「我整理成簡單的報告書了。」

木村遞出空白薄牛皮紙信封說：

「太深入的細節不清楚，不過我好像明白你爲什麼會對這四起案子感興趣了。」

「哦？怎麼說？」

「嗳，你看過就知道了。」

確實就像木村說的。

第一起的女大學生命案，落網的兇手金谷龍彥是在行凶當晚，在隨意進入的超商看到被害人女大學生，才盯上她的。他從店裡尾隨女大學生，發現她似乎一個人住，便等到深夜，潛入她的住處。

金谷有三項前科，都是攻擊年輕女人。但那些犯行都極有計畫性，相當惡質，從盯上被害人到下手，至少都會觀察半個月以上。因此這起女大學生命案以他而言相當罕見，是衝動之下作案。本人供稱「忽然就起了歹念」。

第二起的田無一家三口強盜殺人案，探長也知道歹徒供稱「完全是臨時起意」，木村的報告也證實了這一點。歹徒原本還計畫隔天要與家人一同郊遊野餐。

第三起是幼童肇逃事故，一名中年教師以近五十公里的時速超速穿越一般馬路，撞死幼稚園幼童後逃逸。這名教師任職於排名很不錯的私立高中，受到學生愛戴、家長信任，而且還是下任副校長候選人。

「我突然厭惡起所有的一切，覺得要是像飆車族那樣橫衝直撞，一定會很爽。我知道我撞到小孩了，卻覺得那又怎樣，離開現場。」

這是本人的說法。後來不到一個小時，他就被經過的警車發現車身上的刮傷，當場逮捕。

當然，被告在法庭上推翻了這段說詞。但剛落網時留在筆錄上的這番說法，讓探長背脊發涼，同時有了根據，當時這傢伙就是這種心態。

第四起的情侶命案，一樣是典型的衝動殺人。兇手是二十歲的重考生，他供稱讀書讀累了，深夜一個人在兜風，看見情侶卿卿我我，突然怒火中燒。他停車假裝問路，和情侶攀談。好心的男方爲了回答重考生的問題，把頭伸向他打開的地圖——

「後車廂有扳手，我預先拿出來，先打了男的，女的尖叫逃跑，所以我追上去揍她。」

接著是第五起的賓館命案。兩人明明交往得很順利，男方卻刺死了女方——

探長從報告抬起頭來，瞪著半空中。

他會委託木村調查這些，並非有什麼深入的推測。他只是模糊認爲橋場會從多如繁星的命案中「挑出」這五起命案，或許是因爲有某些共通點。

原來眞的有。

沒有動機。衝動殺人。唐突得就像緊繃的線突然切斷。

「鬼迷心竅」嗎？

遭到邪魔侵襲的人。

不不不，換個觀點，這也可以說是「毫無共通點」。因爲兇手形象完全不同。深受信賴的教師、三項前科的男子、孤獨的重考生、失業中的上班族。如果粗暴地認爲前科犯說的話都不可信，那麼女大學生命案嚴密地說，或許也不能說是無動機殺人。

但探長耿耿於懷。好死不死，偏偏就是這五起命案，被橋場——毫無理由地遭到死者攻擊的橋場、因失手殺人而心理失常的橋場，指出「這也是骸原幹的」。他實在太好奇其中的理由了。

橋場是不是在這五起命案中，看到了某些其他人看不到的東西——只有從那樣的橫禍中倖存下來的人才能看到的東西？

探長甚至把報告帶上床，再三反覆研讀。然而他找不到答案，也沒有夢到提示。

就彷彿料準了時機，隔天上午橋場第六次來訪了。探長剛開完會，讓橋場等了三十分鐘才去見他。

探長確實有事要忙，但他更想爭取一些思考的時間。

今早離家的時候，他忽然有了個想法。或許試了也沒有意義，所以試了也無防吧？還是不要再跟他有瓜葛了？——這兩種想法交互浮上心頭。

（我累了。）

坦白說，探長也這樣覺得。能夠拯救橋場的人，應該是更年輕有活力的人，至少不是像探長這樣，長年沐浴在警察這種成天目睹人性絕望面的職場散發出來的輻射線、病入膏肓的人，而是更積極的、相信世上沒有黑暗深淵，即使有，就算是土法煉鋼堆石頭，也能讓深淵變淺灘的人、有力量如此相信的人。

即使如此，看到一如往例、驀地從沙發站起來行最敬禮的橋場，探長「饒了我吧」的懦弱眞心話便不曉得逃竄到哪裡去了，就宛如一聽到人類的腳步聲便立刻溜之大吉的老鼠。

橋場兀自說了一陣子。當然是關於骸原新犯下的命案。他也帶了剪報過來。探長假裝專注聆聽，內心尋找機會。

然後，當說完的橋場抬頭露出期待探長像平常一樣可靠地說「我一定會阻止骸原的凶行」時，探長開口了：

「我說，橋場先生。」

「什麼？」橋場順從地點點頭，等探長說下去。

「你最近不再作惡夢了吧？」

橋場表情困惑。

骸原命案後，被警察拘留時，橋場不斷遭受到噩夢的侵擾。在澀谷中央街路上發生的慘劇，持續在夢中完整重播。

「對……託探長的福，現在幾乎已經不會夢到了。」

「那太好了。」探長微笑，「那麼，你已經忘了骸原的樣子了吧？」

橋場用力搖頭，「沒有的事！我沒有忘，我一輩子都忘不了。」

「是嗎？那你可以畫一下他的臉嗎？不用太詳細正確，畫個大概就好。」

「大概的話，應該可以。」橋場認眞地點點頭，「不過不只是臉，是整體大概的感覺。像是身材外形——」

「嗯，可以，請你畫畫看吧。」

探長撕下一張筆記紙，和筆一起遞過去。橋場用恐懼的眼神盯著它們，就好像探長突然亮出來的是手銬。

「探長，這有什麼意義嗎？」

「你畫完了再告訴你。」

聽到這話，橋場似乎好奇起來，探出上半身，「對辦案有幫助嗎？」

「對辦案也有幫助。」

「那我畫。」橋場立刻拿起筆來，「不過我不太會畫畫呢。」

「簡單的線條就行了。」

橋場就像寫作業的小學生那樣，聚精會神地畫了起來。探長看著他。

人的記憶有時很可靠，有時卻靠不住。除了個人差異之外，即使是同一個人，有時候有些事情記得異常清楚，其他的事情卻會忘得一乾二淨。這是因爲有「壓抑」的心理機制在作用。

但是將記憶表達出來——也就是將腦中的形象以繪畫方式呈現出來的能力，普遍來說都比記憶力遜色許多。這也是當然的，因爲只有這種能力出類拔萃的人，才能成爲畫家或漫畫家。

在橋場心中，應該強烈地烙印著骸原這個人的形象，無從抹消，應該也不可能淡去。如果能夠靠「壓抑」的心理機制來抹消，他也不會變成今天這樣子了。

但如果叫橋場畫出骸原的樣子，探長認爲他應該畫不出來。因爲他又不是畫家。

如果橋場畫了奇怪的畫，像是比眞正的骸原更矮小、臉部輪廓不同，就婉轉地指出來吧。然後告訴他，就是因爲他對骸原的記憶逐漸淡薄了，才會畫錯。

這是詭辯，但世上不是有善意的謊言嗎？如果能透過這樣，讓橋場相信他其實想要忘記骸原，事實上也正逐漸忘記，或許可以爲他打開一個出口。最起碼或許可以爲他在門上裝上門把。

橋場畫了又擦、擦了又畫，探長認爲有人在旁邊看，他可能不好畫，決定離席。

「我去泡個咖啡。」

探長離開小房間回到座位，發現桌上的報告書被動過，而且是關於那起等待開庭的違反槍械法的案子。

是秋山嗎？當下探長這麼想。他迅速張望，但秋山不在刑警辦公室。類似憤怒刀鋒的情感猛地衝上心頭，探長用力嚥了回去。逆流的憤怒刀鋒割開了探長的胃。

他在原地靜靜地站了片刻，胃痛稍微平息了。他坐下來抽了一根菸。胃還在作痛，但菸讓情緒鎮定了一些——雖然只是撫摸一下的程度而已。

得端咖啡給橋場。他應該已經畫好了。探長站起來，尋找邊緣沒有缺角的客用咖啡杯——每個人動作都很粗魯，杯子一下就撞破缺角了——泡了即溶咖啡。他一手一個咖啡杯，回到小房間前面。

「橋場先生，請幫我開門。」

探長招呼，門立刻從裡面打開了。橋場滿面喜色地說：

「探長，我畫好了。」

探長走近桌子，俯視他完成的畫——

上面是以細線組成的自己。

一模一樣。圓胖的身軀、渾圓的下巴、招風的雙耳、眉毛的角度，所有的一切都一模一樣。

「這什麼？」

探長大叫，橋場也許是誤會他在稱讚，得意地說：

「骸原啊！我記得一清二楚，對吧？」

咖啡杯從手中掉落，「鏘」地摔得粉碎。探長什麼都還來不及想，已經「砰」地一聲甩上小房間的門，衝出走廊。他就這樣小跑步到警署的側門。他只想出去外面。

怎麼可能？怎麼可能？

穿過停車場一半，總算停下了腳步。他扶住警車引擎蓋，抹去布滿了整張臉的冷汗。

膝蓋發軟，連站著都很勉強。探長重新撐起身體抬頭，看見秋山正穿過通行門往這裡走來。

就像平常一樣打扮入時，表情就像在哼歌。

你死去哪裡了？原本嚥下去的憤怒刀鋒又從肚腹深處猛刺上來。**亂翻我的報告書，你死去哪裡了**？

這時秋山看到探長，停下腳步。那張帥俊的臉龐倏地僵住了。

「探長，怎麼了？」

探長佇立原地。秋山後退了一步。

「你那表情……難不成是我的事被媒體知道了？」

這句話讓扼守憤怒刀鋒的堤防崩潰了。探長瞪大眼睛，發出不成聲的吼叫，衝向秋山。

下一瞬間——

「**爸**！」

這時的探長就形同用鏡框撐住的玻璃，他當場被那句小石頭般筆直飛來的話給擊碎了。碎成片片的探長只剩下眞實的鏡框，杵在原地。

探長瞪大眼睛，看見大女兒慢慢地往這裡走來。她穿著公司制服，束起的頭髮放在一側，和年輕時候的妻子如出一轍的豐滿臉頰擔憂地扭曲著。

「因爲中午了，我來找你一起去吃飯。」

大女兒小心翼翼、但溫柔萬分地摟住探長的手臂說：

「沒打電話說一聲就跑來了，對不起。」

探長看著大女兒的臉，眨了好幾下眼睛。汗水沿著頭皮流下，落在衣領上。

探長感受著繞在手臂上的大女兒的體溫，張動變得宛如不屬於自己的嘴唇，擠出話來：

「沒關係……謝謝……妳來……」

大女兒使勁抱著父親的手臂，看著他的臉。然後她瞥了一眼秋山，「家父受您照顧了，抱歉打擾了。」雖然措詞有禮，但口氣帶著這樣的威嚇，『我不知道你跟我爸爲什麼起衝突，反正你快點滾開。』

杵在原地的秋山抖了一下，就好像被甩了個耳光。

「不會，那我走了。」

他快步衝進署裡了。探長仍然不想回頭看他，但女兒回頭了。接著她催促探長：

「那邊好像也有人要找你。」

探長總算回頭了。橋場站在側門，就好像躲在門後一樣，表情欲泣。

探長的胸口突然痛了起來。

「抱歉。」他對橋場拉開嗓門說，「我突然有事，如果方便，晚點——對，你可以兩點左右再來嗎？我再撥時間慢慢談。」

虛弱地扶著門的橋場似乎這才知道探長並不是在氣他，慢慢點了點頭。

「好的。」

他人離開以後，探長重新轉向大女兒。女兒的表情還很僵硬，但努力想要露出笑容。

「爸這陣子都很不對勁，所以我一直想要像這樣來突襲你，要你請我吃飯，然後調停和解。」

「喔喔，聰明。」探長點點頭，「眞是個好主意。」

父女慢慢地往前走。離開側門時，探長問：

「那時候妳怎麼會叫我爸？」

大女兒仰頭大笑，「你就是我爸啊。」

「不是探長嗎？」

「這個嘛……」她歪起頭來，「可是情急之下，就自然地叫爸了，眞不可思議。」

又走了一小段路，探長又問，「喂，我問個怪問題，我們家姓什麼？」

大女兒有點要笑，但發現探長的臉上沒有笑意，便嚴肅地回答：

「**姓骸原啊**。」

探長停下腳步。大女兒也被拉扯著停下來。

「怎麼了？」

「妳說什麼？」

「我們家的姓啊。我們家姓伊崎，怎麼了嗎？」

探長用力搖頭。剛才是我聽錯了。我已經沒事了。一定沒事了。

「爸請妳吃大餐。」

探長說，用顫抖的手牽住大女兒的手往前走。

7

chapter

再見，桐原

1

事情開始得極爲隱晦，起初沒有任何人放在心上。

我們家本來就很吵。不小心漏掉低喃聲或輕微的聲響，是家常便飯。在十年屋齡、木造兩層樓的這個家中，五個人發出來的說話聲，以及爲了滿足家人的需要和嗜好及代勞而放進來的各種家電機器的聲音，無時無刻都在進行過度競爭。

比方說，每個人都在家，關在各自的房間時，光是電視，就有四台同時開著。飯廳兼客廳一台，父母在那裡看。一樓南邊的三坪房間有一台，奶奶在那裡看。然後二樓我房間和弟弟研次的房間各有一台。而且大多時候，播放的電視節目都不一樣。

電話也是。電話是用父親的名義牽的，等於是我們大杉家的代表號。這是家庭電話，母機在客廳，廚房、祖母和研次的房間各有一支子機。不過就算用內線叫研次，他也不會理，今年七十歲的祖母又耳背——感覺大概就像身在東京，要聆聽南非的聲音——所以如果要叫他們兩個，直接去房間叫人比較快。尤其是研次，必須踹破他的房門才行。

自從我出社會以後，就用第一筆領到的獎金牽了我自己專用的電話線，等於是拿到了開啓「隱私」王國門扉的鑰匙。

有時候家裡的電話占線時，研次會跑來叫我借他，但我絕對不會答應。因爲這形同將領土拱手讓人。

「小氣鬼！」弟弟撤退了。只有這種時候，我慶幸自己早生了幾年。

我都叫我的電話「嚕嚕嚕」。家裡的電話聲是「嘟嚕嚕嘟嚕嚕」。有時候也會發出「叮咚」的聲音，因爲它也兼門鈴對講機。

微波爐的聲音是「嗶——」。烘碗機任務結束，會發出「賓！」的聲音，是計時器歸零的聲音。洗衣機滿水就會叫，洗完的時候也會發出「噗——」的聲音。瓦斯烘衣機用「嗶——嗶——嗶——」的聲音通知衣服烘好了。「嗶嗶嗶嗶嗶」叫個不停時，是在提醒清理濾網。熨斗達到設定溫度，就會「噗噗」叫。全自動式熱水器一熱好浴缸水，就會「嗶嗶、嗶嗶、嗶嗶」。我房間的錄影機預約錄影卻沒放進錄影帶，就會「嗶——嗶——」警告。

能夠正確地分辨這些聲音的，就只有母親。母親不像我，不會聽到通知洗澡水熱好了的聲音，卻跑去查看微波爐裡面。

「這是主婦的耳朵。」母親說。我覺得正確地說，應該是「雙薪家庭的主婦的耳朵」。因爲必須在週末同時處理好幾項家事，自然就能分辨出各種電器的聲響了。

父母的鬧鐘聲是，「鈴鈴鈴鈴鈴！」我的是連續呼叫的合成人聲，「起床了！」研次的則是警車鳴笛般的聲音。

還有音樂的問題。弟弟用他專用的錄放音機聽搖滾樂，我用我的迷你音響聽喜歡的音樂，有時候也會聽古典樂。我和弟弟對音樂的喜好南轅北轍，想聽音樂的時間帶卻都一樣。因爲沒辦法，有時候我會改用隨身聽（但有時候還是想要讓音樂溫柔地籠罩全身，而不是只透過耳機在腦袋裡迴響。這種時候，我會和研次較勁，彼此努力調大音量。即使結果會變成就像卡拉揚的演奏會會場聽眾席上，有搖滾樂團筋肉少女帶在開演唱會，做姊姊的還是有姊姊的堅持）。

而且我們一家子嗓門都大。第一個是父親，但這應該是一種職業病了。在父親的職場，就連問旁邊的同事「要不要去吃飯了？」都得竭力嘶聲地用吼的。

母親在我和弟弟正值頑皮的年紀，爲了管教孩子而大小聲，現在則是爲了和祖母溝通而大聲說話。我和弟弟也仿傚母親。然後祖母爲了聽見自己的聲音，也必須大聲說話才行。就像在聽隨身聽的我那樣。

我們家就生活在這樣的狀態。每天都像在吵架。如果聲音小得像蚊子叫，根本無法在此生存。所以或許相當長久的一段時間，都沒有人發現最初的徵兆，就這樣錯過了。那一點一滴、宛如蝸牛爬行般惡化的異狀，都一直沒有觸動任何人的雷達網。

直到四月下旬某個溫暖的夜晚，異狀才浮上檯面。這天因爲有新進員工的迎新會，我們一群人連喝了好幾攤，我深夜才回到家，正在廚房喝水，發現自己聽不見了。

2

我喝醉了。雖然不到無法一個人回家的地步，但整個人醉了。在玄關脫鞋子時，幾乎都快站不穩。

經過走廊時，途中我扶了一下牆壁。如果父親醒著，一定會把我罵到臭頭。因爲他認爲女人喝醉酒，就像故障的淨水槽一樣骯髒難看。

我繞過飯廳桌子，走到廚房流理台。從瀝水籃拿出杯子，扭開水龍頭，倒了滿滿一杯水。我站在原地，水龍頭也放任水流，用力舉起手肘，先來個一杯。

喝完後打了個嗝。再一杯。把杯子拿到水龍頭底下，看著水滋滋沖出泡沫，從杯子內側湧高上來，在即將滿溢的前一刻擰緊水龍頭。「啾」的一聲，多餘的水花成水滴，開始滴落不鏽鋼水槽。水龍頭的橡膠墊片從很久以前就鬆了。

滴答、滴答、滴

然後就沒聲音了。

水還在滴。一滴，再一滴，然後完全停了，可是我沒聽見「滴答」水聲。

我納悶地微微歪頭，心想自己眞的醉了。

我喝光杯裡的水。第二杯沒有第一杯好喝，肚子沉甸甸的都是水。

呼，我不由自主地嘆氣，想要說「啊，眞爽」，發現沒聽見自己的嘆氣聲。

再次朝半空中吐氣。

什麼都聽不見，耳朵裡保持沉默。

我故意出聲「哈……」了一聲。

聽不見。

手裡還拿著杯子。我靈機一動，用杯子輕敲水槽邊緣。應該會發出令人牙根發軟的「叮叮」聲——

沒聲音。

心臟怦怦亂跳起來。我感覺得到。就好像有什麼柔軟的東西從膝蓋到大腿一路摸了上來，渾身虛軟。

我抓住水槽邊緣，做了個深呼吸。深深吸氣，深深吐氣，就像在練習拉梅茲呼吸法的孕婦。

然而沒聽到呼吸聲。

我丟開杯子。杯子滾進水槽裡，撞到廚餘架，停了下來。沒有破，而且也沒聲音。

心臟在胸膛深處跳來跳去。我一陣激動，想要把耳朵貼在自己的胸膛聽聽那心跳，覺得那樣應該就可以聽見。因爲這可是我自己的身體。

我小心翼翼、謹愼萬分地扶著餐桌，回到走廊。雖然不是失明了，但如果不抓住什麼東西，我實在害怕得不敢往前走。

經過走廊的時候，我想到一個好主意，拍了一下手掌。拍得太用力，手掌都發麻了，卻沒聽見任何聲音。

我告訴自己，我是喝醉了，所以感覺麻痺了。只要酒精退了，一定就會恢復正常了，沒什麼好怕的。

我爬行似地上了樓梯。打開自己房間的門，摸索著開燈。床上丟著脫下來的圓點睡衣，就和今早匆忙離家時一樣。我一屁股坐了上去。

沒有彈簧床擠壓的聲音。

我起身，再次用力坐下去，還是一樣。

冷靜下來、冷靜下來。

先靜靜坐著，直到心跳平息。我這麼想，閉上眼睛。但這樣一來，感覺就好像待在漆黑無聲的地方。這裡真的是我房間嗎？

張開眼睛。

正面牆上是音樂家的海報。剛從洗衣店拿回來的藍色外套還包著塑膠套，掛在椅背上。松木矮櫃上擺著無線電話和迷你梳妝台，還有長髮糾結的的梳子。

毫無疑問，是我的房間。

用遙控器打開電視。

畫面倏地出現了。是深夜談話節目。濃妝豔抹的女藝人急促地掀動嘴唇。聽不見聲音。

切換頻道。是NHK。一片粗糙的粒子在螢幕上飛舞，可是沒聽見沙沙聲響。再換頻道。是搖滾樂團。主唱對著揮舞拳頭的聽眾，嘴巴大張，幾乎快要把麥克風給吞進去。什麼都聽不見。就算把音量調到最大、靠近電視機，甚至連鼓聲都聽不到。

我關掉電視，就像在跟誰比賽似的，脫掉外套、脫掉裙子，扯也似地脫下絲襪，鑽進床鋪，蒙頭蓋上被子。我醉到不行了，都是酒醉害的——我告訴自己。

總之睡覺吧。睡上一覺醒來之後，一定就會好了嘛。

花了好久的時間，酒精才把睡意拉了過來。總算睡著以後，我又做了夢。我夢見自己坐在巨大的電視機前，不管轉到哪一台，都只有「請稍候」的畫面。

隔天早上，我被母親的大吼叫醒了。

3

「要遲到了！」

聲音一清二楚。我躺在床上，倏地睜開兩眼。

「道子、道子！聽見了沒！」母親喊著。

「聽見了！」我喊回去。爬出被窩一看，上衣皺巴巴的，慘不忍睹，全身膩汗，臉也黏答答的。這也難怪，昨晚我沒卸妝就睡了。

看看時鐘，七點二十分。火速整裝，放棄早餐的話，可以沖個澡再出門。

下樓一看，父親已經吃完早飯在讀報了。他從報紙旁邊探頭，就像刑警看嫌犯那樣審視我。

「妳昨晚很晚才回家吧？」

「嗯。」我極力明朗地回答，「有新人的迎新會，很熱鬧。」

「妳喝醉了吧？」研次說。那口氣實在很尖酸，加上父親等待回答的表情很恐怖，害我沒能問出口。

（爸，你喝醉酒的時候，曾經暫時失聰過嗎？）

「我又沒喝。」我回答，不敢看父親。

沖完澡，吹乾頭髮，回到廚房，母親已經開始收拾了。桌上放了一個甜的圓麵包，是給每天都睡到很晚，十點才會吃一點東西充當早餐的祖母的。

母親每天早上都打理好這一切才出門。她的職場就在走路範圍內。中午她會回來一下，和祖母一起用午餐，然後再回去職場，工作到四點，採買之後回家。她在職場的工作，質和量都與正職人員一樣，卻只算計時人員。甘願當計時人員可以得到的好處，就只有逼不得已必須請假時，比方說要帶祖母上醫院時，不必像正職人員那樣愧疚——雖然也只是減輕一點點的愧疚感而已。

有個即將上大學的兒子（而且我覺得一定會重考一年），還要付房貸，二十一歲的女兒往後也要結婚，必須多少存一筆嫁妝，家裡還有個老人——母親說，在這樣一個受薪上班族的家庭……

「都是這樣的。」

所以即使嚴重如「昨天晚上啊，我們那個有孩子的鰥夫課長啊，居然向我求婚，要我做他的續絃呢」，也沒辦法在早上拿出來說。因爲緊盯著時鐘，晾完衣物後，就得整裝去上班的母親，也只會心不在焉地回應：

「這樣啊，太好了呢。」

因此我沒有說出昨晚突然失聰的事。我喝著咖啡上樓去，用腳推開門，關門，翻著衣櫃挑選要穿的衣服。

我打開第二個抽屜，想要拿領巾夾的時候，發現有東西不見了。

這個抽屜是專門存放飾品的。出社會第二年的我，還沒有什麼昂貴的飾品。一只十八K金的品牌戒指、成人式父母送給我的生日石紅寶石戒指、小碎鑽項鍊，再來就是幾對頂多一兩千圓的耳環，這樣而已。

其中一對耳環不見了。

是紅色芭蕾舞鞋造型的塑膠耳環。本來放那對耳環的位置空掉了。我很確定。那是我的飾品裡面最便宜的一樣，很久沒戴了，所以一直擺在固定的位置。

我把手放在抽屜上，想了一下。接著「砰」地關上抽屜，繫上領巾。

走下樓梯，母親不在。穿上鞋子走出玄關，她在外面掃地。

「媽。」

我壓低聲音呼喚，母親回頭。

「這次換我的耳環不見了。」

母親拿著掃把，眨著眼睛，就像有灰塵掉進去似的。她說：

「很貴的嗎？」

「沒有，像玩具一樣的便宜貨。喏，高中的時候正田送我的。」

正田是我高中時候的男友。現在就算尋人節目說要讓我跟他重聚，我也會敬謝不敏。因爲我們不歡而散。

但我會寶貝地收藏著他送我的耳環，是因爲它仍然代表了一段回憶。他是我第一個正式交往的對象。

母親沉思起來，我們不約而同地看向祖母應該在睡覺的臥房窗戶。

「先暫時不要張聲。」母親說。我點點頭，懷著留下共犯般的心情走向車站。

這陣子我都在通勤電車上讀女作家露絲・藍黛兒（**Ruth Rendell**）的《儀式》（*A Judgement In Stone*）。讀過這部作品的人，或許會覺得一大清早讀這部小說實在太過陰鬱了，但正因爲故事沉重陰暗，才適合一點一滴地讀。

然而今早我無法進入故事世界。現實的問題占滿了我的腦袋。不是昨晚「失聰」的事。那已經不重要了，因爲已經好了，問題是耳環。

這陣子我們家連續發生小東西不翼而飛的狀況。

一開始是母親錢包上的小吊飾。那是一串葫蘆造型的小吊飾，已經很舊了，卻突然不見。是一星期前的傍晚發現這件事的。

錢包收在廚房餐廚櫃抽屜裡。派報社來收錢時，母親就會打開抽屜，從錢包拿出錢來支付。那個時候吊飾還在上面。

然而過了一陣子，有人來收町會費的錢時，母親拿出錢包，吊飾卻消失不見了。

母親說吊繩才剛換，不可能斷掉。繩子牢牢繫在錢包的金屬零件上，也不可能鬆脫。即使眞的鬆脫了，錢包一直收在餐櫥櫃抽屜裡，應該也會掉在裡面才對。

這時家裡只有母親和祖母兩個人。母親沒有把吊飾不見的事告訴別人。直到三天後，父親的鑰匙圈在類似的狀況下不見了。

父親很喜歡那個鑰匙圈。因爲那是我畢業旅行去北海道的時候，在小樽的玻璃藝品店買給他的。上面有十六面切割的水晶球，在光照下會發出靛藍色的光輝。父親總是將它放在外套內袋裡。

然而它卻不見了，只有鑰匙好好地還在口袋裡。

父親先告訴了母親，母親很驚訝，把吊飾的事告訴父親，然後把我叫去，三個人討論。父親說在鑰匙圈不見不久前，曾看到祖母在掛著父親外套的衣架前晃來晃去。

「那時候我還奇怪媽在那裡做什麼。」

這不是一場愉快的討論。母親說出從同事那裡聽來的事。

「喏，道子也認識那個宮坂太太吧？她婆婆也痴呆得滿嚴重的，會想要一些小孩子的玩意兒，還看上孫子的布偶，把布偶藏起來呢。」

母親說，可能我們家奶奶也開始輕微失智，被漂亮的東西吸引了。

「要不然怎麼會拿走吊飾、鑰匙圈這種東西？想要的話，直說就好了嘛。」

確實，祖母「衰老」了不少。不光是重聽、記憶力大不如前，也愈來愈沒辦法做決定，腳也愈來愈衰弱了。她一整天的生活，不是睡覺就是看電視。

「我覺得這樣認定還太早……」

「可是沒有其他的可能了啊。」

「該不會是研次拿走的吧？」

我私下問弟弟，弟弟瞪圓了眼睛否認。我們做出結論，暫時靜觀其變……

然後這次是我的耳環不見了。

我猜是晚上的時候被偷走的（雖然偷這個字眼很討厭）。就算我睡著了，如果有人進我的房間，我一定會發現。我昨晚回家時，耳環一定就已經不見了。

白天祖母一個人在家，機會多得是。

到公司以後，這件事仍令我牽掛不已。心情沉重。直到我走向自己的辦公桌，才又振作起來。因爲昨天的迎新會主角，兩個新進女職員，居然都以「昨晚喝太多」爲由請假了。

我和女同事對望，確認彼此的眼睛射出凶光，就宛如追蹤可疑人物的警犬。耳環的事從腦中消失了。我火冒三丈地著手工作，忘了時間經過。工作量就是多到讓人無暇去想其他事情。

午休我們一群同事同仇敵愾地咒罵新人，仍無法解氣。連在回程的電車裡，我都覺得《儀式》

裡哪個角色被殺死，都不關我的事。

我推開自家玄關門。

「我回來了！」我大聲說著，走到廚房，迫不及待開始抱怨。

「媽，真的很誇張，世上居然有那麼厚臉皮的人，我們——」

聲音消失了。

不，我還在說話。我們公司的兩個新人，今天居然同時請假！她們到底把工作當成什麼了？

然而卻聽不見這些內容。

母親在廚房，她呆呆地張著嘴巴。

媽？我說。

道子？母親的嘴唇動著。

我們兩個什麼都聽不見。

整個家中，所有的聲音都消失了。

4

一會兒後，研次回來了。弟弟也一樣陷入恐慌。

（這怎麼搞的？）他噘起嘴唇，眼神遊移。

（不只是你這樣而已。）我說，弟弟誇張地皺眉。

（妳說什麼？）

（叫你不要一直說一樣的話啦很煩耶。）

弟弟摸索包包，撕下筆記本的紙頁，用原子筆潦草地寫了一串字給我看：

「姊　嘴巴動慢點　要不然看不懂」

我覺得尷尬，一字一句慢慢地動唇，（好　啦）。

研次拉扯自己的耳垂，問母親：

（媽　也　是？）

母親點點頭，呆站在原地。我揮揮手指示母親身後。瓦斯爐上的水壺沸騰，熱水溢出來了。母親連忙熄火。

（是笛音壺呢。）我對著母親的背影說。

奇妙的是，仍然可以感受到各種活動。我覺得研次在吵鬧，回頭望去。

弟弟打開收音機了。收音機亮起紅色電源燈，轉動旋鈕，對準頻道就會亮的綠燈也亮了起來。

可是聽不見聲音。

（是集體中耳炎嗎？）研次說。

我搖搖頭，表示（看不懂你說什麼）。研次又在紙上寫字。字有夠醜的。

「ㄐㄧˊ ㄊㄧˇ 中耳炎 ㄇㄚ？」

我潦草地寫回去：

「怎麼可能？寫什麼注音文，沒水準。」

研次從我手中搶過原子筆寫：

「歇斯底里」

我拿皮包扔弟弟。刷卡買的GUCCI包砸到牆上，釦環鬆開，裡面的東西灑了一地。這些看起來全都像是切成靜音的影片一幕。很快地就會出現「請稍等」的畫面，播放古典音樂，等待電視台修理他們故障的電腦……

母親拍我的肩膀。她的嘴唇動得太快，起初我讀不出她在說什麼。

（慢！慢！）我就像進行發音練習的新進藝人那樣張動嘴巴。母親點點頭，伸手扶額，要自己冷靜。

（奶　奶　怎　麼　了？）

（我　去　看。）

我應道，折回走廊。

悄悄打開拉門看裡面，祖母正在看重播的外國警察影集。我走過去，手搭到祖母肩上，她茫茫然地抬起昏昏欲睡的臉看我。

（奶　奶？）

我忽然好笑起來。因爲跟奶奶說話的時候，跟平常沒有兩樣。

（咦？）奶奶一手放在耳後。這也跟平常一樣。

（奶　奶　耳　朵　有沒有　怪怪？）

（聽不見，道子。）

祖母露出假牙笑道。是祖母經常忘在別處，把我和弟弟嚇得尖叫的假牙。世上再也沒有比單獨放在外面的假牙更噁心的東西了。

（奶　奶。）我在祖母旁邊蹲下來，祖母摸我的頭髮說：

（道子，妳毛變好長了。）

我一陣沒趣。雖然不是管這種事的時候，但居然說「毛變長」，令人無法接受。起碼也該說「頭髮變長」吧？什麼「毛」，聽起來就像研次會喜孜孜的奇怪的部位長出來的東西。

（奶　奶　也　聽　不　見　對　吧？）

我大大地張動嘴唇說。

（聽不見。）奶奶搖頭，這才不安地皺起眉頭。這也是當然的，我也不是平白跟祖母住了這麼久的。平常的話，發出這麼大的聲音，祖母絕對聽到了才對。從喉嚨的感覺就能知道。

（道子，聽不見呢，眞奇怪。）

祖母像孩子似地歪頭說。

我突然一陣想哭。就是啊，奶奶，我們全都聽不見了。

啊，昨晚那怪事，果然是某種前兆。我們的身體都出毛病了，可能永遠都聽不到聲音了。這樣的想法鋪天蓋地而來，下唇開始顫抖。

（道子，怎麼啦？有什麼好哭的？）

祖母摟住我的頭。奇妙的是，祖母完全搞不清楚狀況，所以也不是刻意慢慢動口，我卻看得出祖母在說什麼。

因爲習慣了。祖母習慣這樣的生活了，這就是祖母的生活。

這時突然有人推我，我和祖母都差點倒在榻榻米上。推我的那隻手這次用力拉我的手。是研次。

（很痛耶幹嘛啦！）

研次拖著我往玄關走。經過走廊，走出玄關，穿著襪子就這樣往外走。

（你幹嘛啦是發神經了嗎**野蠻人**！）

我啞然張口。

「野蠻人」三個字可以聽得一清二楚。

我和研次都在外面。路燈亮著。騎著打開車燈的自行車的人被我們姊弟嚇到，邊騎邊轉頭看我們。住對面的大嬸拉著購物推車往商店街走，怪笑著問：

「怎麼啦？姊弟吵架嗎？」

「聽見了，對吧？」研次聲音平板地說。

「聽見了。」我回答，「這是怎麼回事？」

「出來外面就聽見了。」

研次的手甩向我們家。

「可是只要進去屋裡就聽不見了。」

我仰望我們家。砂漿外牆到處浮現黑斑。窗邊排著盆栽，但有一半都枯萎了。北邊的排水管有一處折成く字型，偏離了屋頂。

這是棟老房子了。但毫無疑問是我的家。直到昨天——至少除了深夜的那一小段怪事以外——是每個人都正常生活的家。

「你們也不穿鞋，站在這種地方做什麼？」

父親的聲音引得我回頭。父親穿著灰夾克，一手提著午餐盒。

「爸，你回來了。」我反射性地說。招呼眞是一種奇妙的習慣，就算在喪禮上碰面，還是會說「午安你好」。

父親板著臉端詳我。

我還沒來得及說明，研次已經拉著母親的手從玄關出來了。一踏出屋外，母親便大喊，「聽得見了！」

父親的憤怒就快爆發了。

「這是在搞什麼？作什麼法嗎？怎麼每個人都不穿鞋就跑出來了？」

祖母也來到玄關了。她扶著牆，抓著鞋櫃，正要穿拖鞋。母親跑過去扶她。

「爸，你就當做被騙，什麼都別問，進去裡面吧。」

父親直盯著我看。也許是認爲——暫時認爲我不是在開玩笑，把午餐盒交給我，走向玄關。就彷彿屋裡有什麼怪獸，如果拎著午餐盒，會妨礙他與怪獸的對決一樣。

父親消失在屋內，剩下的四人站在屋外，就像在等待判決。鄰居先生從窗戶探頭出來問：

「大杉太太，瓦斯漏氣嗎？」母親笑著應道，「不好意思啊。」雖然不清楚有什麼不好意思的，但這樣鄰居似乎就懂了，頭縮了回去。

父親回來了。

「到底是怎麼回事？」他問。

「不曉得。」研次回答。

「咦，聽得比剛才清楚了。」祖母說。

「什麼叫不曉得？」

「就是，爸也聽不見了，對吧？進去家裡以後。」

「聽不見什麼？」

我們對望。母親的臉色蒼白得就像漂白過的抹布。

研次最先行動。他衝進家裡，又衝了回來。

「沒事了！」他報告，「都聽得見了！」

「你們是都瘋了嗎？」父親說，努努下巴催促我們，「總之快進去，丟人現眼。」

我們就像被鞭策的笨馬般，慢吞吞地動了起來。隔壁先生又探頭出來。拉著購物推車的對面大嬸好像買東西回來了，停下腳步看著我們。一直拎著午餐盒的我突然覺得這實在太滑稽了。

「你拿著。」我把午餐盒塞給研次，進了玄關。回到廚房的時候，遠方傳來警笛聲。是天然氣公司的緊急車輛。很快地，玄關傳來招呼聲，「請問是大杉家嗎？哪裡漏氣了？有人通報說聽到咻咻漏氣聲。」

我抱住了頭。

5

這天晚上，我、母親和研次就有如向綁架犯懇求饒命的人質，拚命說服父親相信。

「眞的啦！」

「少扯這種離譜的謊了。」

「或許很難相信，可是是眞的啊！」

只有祖母一個人恍若無事地回去房間，又繼續看起電視。剛才我去偷瞄了一眼，她在看歌唱節目。

父親瞪著我們，表情就像是全世界都突然開始背叛他。他那張臉像是在想，對於一家之主，還有比全家人同時「發神經」更嚴重的背叛嗎？

「我這麼拚命賺錢養家！」他說，「我眞不懂你們到底在想什麼？」
「又沒有人說爸好吃懶作，怎麼會扯到那裡去啦？」
母親按著太陽穴，就像偏頭痛發作。
「那是怎樣？你們到底有什麼不滿？爲什麼要做出這種事？」
「吼，受不了耶，爸。」
研次踹開椅子站起來。父親瞪大了眼睛。
「都是我的錯嗎？」
「就沒人這樣說了啊！」
「夠了啦，跟爸再怎麼說都沒用啦。」
「什麼叫沒用？你給我站住！」
父親踢翻椅子站起來，和研次互瞪。男人就是這樣才討厭。
「好了啦，我們在說正經事耶。不能保證不會再發生一樣的情形啊。該怎麼辦才好？」
「沒錯，我認爲考慮這一點更有建設性。」
突然有第三者的聲音插進來，我們四個人被絲線拉扯似地同時回頭。
那裡站著一個男人，穿著黃銅色帶光澤的西裝，打著深紅色領帶。頭髮七三分，戴著無框眼鏡。年紀約四十開外，膚色白皙的臉莫名地笑容可掬。
「你是誰？」研次率先問。對方搖頭，就像在說「這怎麼行？」

「劈頭就質問身分，這是野蠻人的溝通方式。」

「有什麼關係？研次本來就是野蠻人。」我說。我自認為這話超級幽默，卻沒有人稱讚。

「你從哪裡進來的？」母親問。

「玄關。」對方答，抬手撫了一下頭髮，「只要需要，我可以從任何地方進來，但第一次總是要顧及禮貌。」

「可以從任何地方進來——你是誰？」這次換父親問了，眼神就像在看混進我們當中的野貓。

「我叫桐原，不過這只是貴國的語言最相近的發音。」

我們彼此對望，彷彿期待答案會寫在誰的臉上，但每一張臉都是空白的。

「哪裡的桐原？」父親問。

「這很難回答。」

自稱桐原的人同情地說。那張表情真的無比遺憾，即使是裝的，演技也比國會答詢的官員高竿太多了。

「不過我可以透露一點，也就是府上發生的事，答案就在我身上。」

「我們家發生

聲音又消失了。正在說話的研次看起來只是嘴巴一張一合。

「當然就是這件事。」自稱桐原的人滿意地說，聲音又可以聽見了。

「這是你搞的鬼？是你讓我們家的聲音不見的？」

我抓住椅背，上身前傾。

「沒錯。對了，道子小姐，妳的右眼有睫毛掉進去了。」

我眨了眨眼，用指頭搓揉眼睛。這麼說來，我從剛才就覺得眼睛刺刺的。

「謝謝。」說完後，我才納悶這個人怎麼知道我的名字？

「你怎麼能讓聲音消失？」父親質問。

自稱桐原的人答道「這也難以解釋」，四下張望。正奇怪他在看什麼，原來是在找可以坐的椅子。他發現祖母的位置空著，在那把椅子一屁股坐下。

「我這就說明，但問題請留到最後，請先聽我說完吧。」

我們彼此使了一下眼色，視線回到他身上。自稱桐原的人說了起來：

「我是元老院直屬的音波管理委員會太陽系第三分會的派遣人員。用貴國最容易理解的詞彙來說，可以說是『音波特派執法員』吧。」

一點都無法理解。

「元老院？哪裡的元老院？」研次問。這傢伙會知道什麼「元老院」，是因為他最喜歡科幻奇幻的「英雄傳說」那類作品。

「當然是銀河系共和國的啊，研次先生。」

我嘴巴都合不攏了。研次探出身子問：

「那，你剛才說的『貴國』是——」

「是指地球這裡，其中的這個日本國。」

他摸了一下無框眼鏡。

「您總不會要做出荒誕無稽的發言，說除了地球以外沒有文明生命吧？」

沒有人回答。父親低聲對我說：

「道子，報警。」

我無法動彈，就好像被現實與妄想兩邊拉扯的小孩子。自稱桐原的人對著我和父親豎起食指，開導地說：

「我也知道警察是什麼。因爲我已經聽說只要從事這項任務，對象都一定會提到這個字眼，但我不認爲這是聰明的做法。」

「爲什麼？」

「如果警方出面，我就必須向分會報告，當場結束在這裡的計畫。因爲地點不是這裡也可以。第二順位的家庭，條件雖然比這裡差了一些，但還是有辦法執行計畫。那麼困擾的就不是我們，而是府上了。」

自稱桐原的人，第一次說了「我們」，這總令人背脊發涼。

「可以嗎？我會立刻撤退。不，就算你們把我留在這裡，我也不會把眞正的任務內容告訴警察。理由要怎麼掰都沒問題。當然，計畫中止了，所以也不會發生聽不見聲音的現象。這麼一來——」

研次接著說下去，「就算叫警察來，也會變成是我們腦袋有問題！」

「是啊。」自稱桐原的人同情地環視我們，「因此希望你們可以配合。」

他一副已經掌握主導權的表情，接著說：

「短短一個月的時間而已。不是一整天都沒有聲音。而且沒有聲音的只有府上，不會影響到在外面的生活。這一點我可以保證。」

不容拒絕。我們每個人都覺得像被耍了一樣，說不出話來。

「請告訴我，」研次難得使用敬語，「這是讓我們家的聲音消失——是把聲音弄不見，對吧？而不是我們的耳朵聽不到了。」

「沒錯。」

「這樣做有什麼好處？你們委員會做這種事要做什麼？」

自稱桐原的人回答，「這是音波的總量管制。」

母親看著我，我說：

「就像廢氣排放的總量管制？」

「是的。地球這個天體，在太陽系裡面，也是音波量特別多的一顆行星。」

「可是，這又不會干擾到其他星球。宇宙空間又聽不到聲音。」

我忍不住這麼說，桐原聞言皺起眉頭：

「不是說不干擾到別人，就可以自我破壞。繼續像這樣任意排放音波，不久後的將來，地球就會出現裂痕。因爲音波就是振動。站在我們的立場，無法坐視不顧。」
原本一直沉默的父親終於受不了地開口：
「既然如此，怎麼不去管制更大的工廠？」
自稱桐原的人很鎮定地回答：
「是的，我們已經在做了，只是各位不知道而已。」
「那爲什麼要找上我們這種普通家庭——」
「這就像是微調。」自稱桐原的人爲難地說，「大調整要用大旋鈕，小調整要用小旋鈕。在這個問題上，是沒辦法以大兼小的。」
可以了嗎？各位都明白了嗎？他說，站了起來。
「請當做是運氣不好，暫時忍耐吧。當做被抽到民調就好了。而且沒有聲音，晚上可以睡得更香。在這之前——是啊，大概一星期以前開始，我們就爲了試驗，時不時把聲音消除。大部分都挑選各位熟睡的時段，否則就是極短的時間，幾乎是以分爲單位，因此各位都沒有發現，對吧？」
我先是看母親。母親在舔嘴唇。
「有時候鬧鐘沒響。」她表情困窘，就好像那是什麼丟臉的事。「不過這不是常有的事嗎？我以爲是自己無意識中按掉又睡著了。」
「還有嗎？」
「有兩次沒聽到洗衣機的滿水聲，水差點滿出來……」

「那只是妳太懶惰，疏於注意。」父親不高興地說。母親發飆了：

「我懶？你說我懶？那你星期天替我洗衣服晾衣服燙衣服看看，這點小事而已，難不倒你吧？你什麼都會嘛，只是什麼都不做嘛！」

「混帳東西！」

父親搬出他的口頭禪回擊，母親反擊。我和研次都作勢起身要制止，「好了啦，不聲音又消失了。

我們就像被拔掉塞子的泳圈，軟綿綿地坐了回去。自稱桐原的人笑咪咪地說：

「這也可以用來調停爭吵。」

聲音又回來了。不管怎麼樣，雖然難以置信，但感覺這個人確實可以任意消除聲音。

我反瞪自稱桐原的人。

「我早就發現了。」

「哈哈。」對方摸摸下巴，「虧妳沒有驚慌失措。」

眾人用「爲什麼不早說」的眼神看我，我囁嚅地回答：

「那時候我喝了點酒，以爲是喝醉的關係。」

「混帳東西！」父親又簡短地罵道。父親一生氣，就會吐痰似地啐出話來，就好像旁邊到處都是可以接住的隱形痰盂。

「有什麼關係呢？」自稱桐原的人說，「那麼，還請各位多多配合。」

他留下這話，準備要走。研次叫住他，問道：

「欸，桐原先生，你是坐什麼來地球的？飛碟嗎？」

自稱桐原的人停步，想了一下：

「研次先生說的『飛碟』，是這裡稱為『亞當斯基型』的東西嗎？」

「嗯。」

桐原——應該可以直接這麼叫他了吧，本人都這麼自稱了，也沒有其他稱呼了——輕蔑地嗤之以鼻。

「那東西不行，太耗燃料了。」

桐原離開以後，我們四個人就這樣坐在原位，什麼事都沒辦法做，整整一分鐘之久。接著我彈起來似地衝出門口。

沒有人，沒有任何異狀，只有一輛計程車滑行似地駛過下一個街角。

「神經病嗎？」研次喃喃自語。

回家一看，祖母來到客廳了。她想看報紙。

「綱子，」她問母親，「今晚的懸疑劇場是哪一台去了？」

父親冷冷地應道，「媽，不要一直看電視，早點去睡覺。」

祖母悲傷地駝著背回房間去了，我們悄然盯著牆壁。

6

家中的聲音消失了。

不管桐原是不是「神經病」，只有這一點是事實。

隔天開始，這種現象頻繁發生。而且一定都發生在在全家人都在的時候，絕大多數是傍晚。

我問母親，她說白天和祖母一起吃午飯的時候沒有異狀。這也是所謂計畫云云的一部分嗎？

「是人愈多的時候進行才有意義嗎？」母親說。

「會這樣想，表示妳相信桐原說的話嘍？」我問，母親臉紅了。

太蠢了。銀河系哪可能有什麼元老院。

然而聲音眞的會消失。我思考著這究竟是怎麼一回事，腦袋開始混亂起來。

「裡面是不是有什麼機關？」研次悠哉地說，但就算眞的有，又是誰爲了什麼目的設下這種機關？總不可能是爲了讓街上的人都可以放心說我們大杉家的壞話，只在聲音上排擠我們家吧？

「也許是某種惡疾的前兆。」

父親提議全家一起去耳鼻喉科檢查。我們也都答應了。

父親任職的公司，是汽車製造業的龍頭，與一家大醫院簽約，供員工及家眷看診，我們一家人向來在那裡看病，因此這次也一起去那裡。

其實短短一個月前，我們全家才在這家醫院做過定期健康檢查，得到完全健康的檢查結果。檢查項目很詳盡，員工和家眷都可以用近乎免費的價格檢查。除了一般的X光檢查和驗血之外，女性有婦科項目，也有視覺和聽覺檢查。

因此不可能有異狀。首先，如果耳朵有問題，就不應該只在家裡「聽不見」。但我們還是去醫院了，這是因爲如果不採取某些行動，實在會教人發瘋。只是這樣而已。

我們一家人——除了祖母以外——事前討論之後，決定只對耳鼻喉科醫生說「有時候耳朵會聽不見」。我們實在是沒有勇氣據實以告。

但看到一家子都跑來看耳朵，醫生的表情還是很複雜。他就是健康檢查時的同一個醫生，更是如此了。

「都很正常啊。」他說出預料中的答案，「唔，奶奶另當別論，她那是年紀大的關係，沒辦法。」

「那我們呢？如果耳朵很正常，怎麼會聽不見？」父親追問。

「是壓力吧。」醫生當場回答，「不過大杉先生的話，長年在噪音嚴重的職場工作，即使開始出現重聽現象，也是很合理的事。這如果是我們公司，會認定是職業傷害。這樣的人很多。」

「那內子和我兒子女兒呢？」

「你們兩個有隨身聽嗎？」

我和研次點點頭，醫生的表情就像在說「這就是答案吧」。

「太太不光是耳朵，我想是全身都太疲勞了。家裡有老人的雙薪家庭，主婦的負擔相當大。」

「請問，」我抬著眼睛看醫生，「一般來說——完全是一般來說，有沒有只在特定的場所發生的失聰現象？」

「喔……」

醫生笑了出來，「搖滾演唱會會場的話，是有可能。」

「你們是只在某個特定的地點才會聽不見嗎？」

醫生重新正色問，我們急忙搖頭。

「沒有，萬一——萬一發生那種荒謬的狀況，會怎麼樣？」

醫生目不轉睛地看著我們說：

「如果有那種事……是啊，或許有可能，也或許不可能。你們聽說過這樣的事嗎？」

口氣像在確定。我反過來問：

「醫生聽過說嗎？」

「不，沒有。」醫生否定。我們無法釋懷，醫生卻非常斬釘截鐵。

我們離開診間時，醫生說：

「沒辦法給你們更進一步的答案，眞不好意思。」

如果能拋棄理性，接受桐原說的光怪陸離的說法，是最輕鬆的。也就是我們是爲了避免地球龜裂，成了神聖的犧牲品。

開什麼玩笑。

桐原開始常來我家們，幾乎每天都會露面一次。唯一不清楚狀況的祖母以爲他是父親的同事。奇妙的是，即使玄關門鎖著，他也會在不知不覺間跑進家裡，就站在我們旁邊嘻嘻笑。我們試過換掉玄關鎖，卻是白費工夫。他還是會進來。

「怎麼樣？稍微習慣了嗎？」

他得意洋洋地問，讓人想朝他扔東西。如果我們表現出這類狂暴的舉動，他就會悲傷地垂下眉毛勸解說：

「我不是說過，只要忍一忍就過去了嗎？請別這樣大驚小怪。如果把事情鬧大，委會員可能會想把你們處理掉。站在我們的立場，爲了預防地球崩毀而抹殺一個家庭，一點都不算什麼。」

這個人眞的瘋了。腦中充滿了井井有條、自圓其說的妄想。我們每個人都這麼想。儘管這麼想，卻無法有任何張揚的行動。因爲我們害怕。

不是害怕「委員會」或「地球龜裂」（廢話！），而是害怕世人把放任這種人進入我們家——儘管情非所願——的我們當成他的同類。

而且事實上，家裡的聲音眞的消失不見了，這令人害怕。

「總之，暫時靜觀其變吧。」

父親的話最明確地表達了我們的心情。

即使是僅發生在家中的現象，沒有聲音還是非常不方便。

聲音一消失，我們首先會放棄交談。無論如何都有事要說的時候，就換成筆談。

即使誇張地擺出嘴型說話，要讀出對方的發音，還是有限度。父親最爲笨拙，最後連讀他的唇語的人都讀到動氣了。

但筆談又很麻煩。必須隨身準備小便條本和筆，一筆一劃地寫下內容。

想要用和說話一樣的速度筆談是不可能的事，不習慣這種狀態的我們會不耐煩地亂寫一通，害對方看不懂。一筆一劃地寫字令人不耐，自然就都變成了注音文。

「ㄉㄠˋ子去ㄒㄧˇㄗㄠˇ」。被亮出這樣的字條指示，不只是滑稽，甚至讓人覺得丟臉了。

最困擾的是廁所。上廁所的時候「無聲」是無所謂，但這時候經過外面的人會因爲裡面沒有動靜，便武斷認定是有人忘了關燈——倒不如說是出於習慣——就順手把燈關掉了。

你可以試著在沒有聲音又沒有光線的地方上廁所看看。世上再也沒有比這更可怕的事了。

「無論如何不許關燈！」我寫了張大字報貼在門口。

無聲狀態會突然降臨，因此會話經常就這樣無疾而終。開始無聲以後，我們便會嘆氣，閉上嘴巴。電視節目不管再怎麼有趣——不，愈是有趣，聽不見聲音的時候愈讓人氣到看不下去，只好關掉。我和研次準備等這種狀況解除後（桐原說的「微調整」結束後！）再一口氣追完，勤奮地將想看的節目全部錄起來。

唯一不會被剝奪的娛樂就只有閱讀。我本來就不討厭看書，研次更是因為可以趁此機會光明正大地看漫畫，並不覺得難熬，但父親似乎很受不了。他相隔十幾年，又跑去買了《棒球雜誌》之類的書刊，母親則是看女性週刊雜誌。

祖母嗎？祖母一樣看電視。她本來就幾乎聽不見，所以影響不大吧。即使「無聲」時刻到來，也只有祖母待的三坪和室繼續閃爍著電視的白光。

所有的一切家用電器，因為不知道警示音何時會消失，使用時都必須守在一旁。如果像之前那樣全部交給母親一個人，她實在是分身乏術，所以我不用說，父親和弟弟也得幫忙。

只有這一點，母親似乎覺得滿不賴的。父親抓著桐原埋怨：

「隨便怎麼樣都好，就不能事先告訴我們什麼時候會開始聽不到嗎？」

「我沒有這個權限。」聽到這回答，母親滿意地賊笑。

最大的煩惱是電話。

無聲的時候別用電話就行了，反正也不能打出去，打進來的電話轉進答錄機就沒問題了。有急事無論如何都想打的時候，可以去外面打公共電話。這不是問題。

但如果在不是無聲狀態的時候想打電話——沒什麼要事，但想要閒聊的時候，該怎麼辦？而且我的電話大部分都沒什麼重要的事。

拿起聽筒。現在有聲音。小音響傳來喜愛的音樂旋律。聽得見。好，來打電話吧！

可是不行——一想到萬一講到一半變成「無聲」，會有什麼後果——

只好忍住不打。

「道子最近是不是怪怪的？跟她講電話，常常講到一半突然就不吭聲了。」萬一被大嘴巴的同事到處亂傳就麻煩了。

忍耐、忍耐。只要這種情況結束，或是可以讓它結束，一切就會恢復原狀了。我們還算順利地逐漸習慣了聲音有時候會突然不見的狀況。

然而現實是殘酷的。

7

五月半的時候，終於出事了。

晚上九點多，我房間的電話響了。這天晚飯時有過一次「無聲」狀態，約一個小時後就解除了，因此我也鬆懈了，沒有切成答錄機。

接起來一聽，是上司打來的。

「大杉？有緊急狀況。」上司聲音緊張地說。「妳立刻

然後就聽不見了。「無聲」又開始了。

我渾身冰冷。明知道是白費工夫，卻不停地喊，「喂喂？喂喂？」然後我總算回過神來，抓起

電話卡，跑到有公共電話的商店街。

但即使打公司代表號，也只聽到「本日營業時間已結束」的錄音。上司是從別的地方打來的。

我折回家，拿著記事本回到公共電話，打到同事家。

第一通電話是答錄機接的。那個同事一個人住，應該已經接到緊急通知出門了吧。下一通是家人接的，說同事剛才匆忙出門了，不知道有什麼事。

「她提過去哪裡嗎？」

「沒有欸。」

這個家的人怎麼對家人這麼漠不關心！我用力掛上話筒。

我再次懷著祈禱的心情打到公司，這次有人接了！是隔壁部門的次長，說他剛到。

「奇怪，妳們家沒接到緊急聯絡嗎？應該透過緊急電話聯絡網，打給每個人了啊？」

「我接到了，可是電話講到一半斷掉了！」

「是喔？」次長語氣懷疑地說。

次長說公司的單身宿舍失火了。火勢很嚴重，有許多人受傷了。住在單身宿舍的都是外縣市的男員工，親人無法立刻趕到，因此公司召集了女員工，照顧傷者和煮飯。

我叫了計程車趕往單身宿舍。抵達現場時，和從自家通勤的女員工當中住最遠的一個同時抵達。她說：

「咦？大杉，妳家不是比我家近很多嗎？」

我拚命幹活。奮不顧身地幫忙。幸好沒有人死掉，但宿舍徹底燒燬了。住宿舍的人都受到很大的打擊。

到了凌晨，我在收容傷者的醫院走廊遇到打電話給我的上司。他的臉都被燻黑了。

「咦，妳來啦？」上司冷冷地說，「不用勉強過來也沒關係啊。」

「我家電話怪怪的，講到一半就斷掉了。我眞的急死了。眞的很抱歉。」

上司微笑，是那種讓人覺得被他怒吼還比較好的笑容。

「我還以爲現代已經沒有那種會講到一半自己斷掉的電話了呢。那一定是老骨董了，要好好珍惜啊。」

「或許您一時無法相信，可是是眞的，我家的電話——」

「就是妳掛斷的。」上司冰冷地說，「所以我也掛了電話。當時狀況緊急，我還有一堆電話要打。」

然後上司走掉了。

在旁邊聽到的女同事低聲說，「別在意，現在大家情緒都很激動。」她是第一個趕到的人。

我「嗯」了一聲。

然後心想我和她都心知肚明，這不是可以「別在意」就沒事的。

「我們不會跟住宿舍的人說道子掛電話的事。正在享樂的時候，沒有人喜歡被打擾嘛。有時候就是會這樣嘛。」

「我不是因爲在享樂所以掛電話的。」

「我懂，就是說啊。」

我回頭看她。她的眼睛在笑。是那種在西部劇中登場、從手無寸鐵的人背後放冷槍的殺手笑容。

我隔天中午過後才回到家。母親和祖母在用午飯。

「妳回來了。好嚴重呢，新聞也有報。」母親慰勞說。祖母嚼著沾蜂蜜的麵包。

「我要去睡了。」我丟下這話上樓去，鑽進床裡。

傍晚醒來，又進入無聲狀態了。我饑餓又虛脫地搖搖晃晃下樓去，發現桐原那傢伙從玄關滑行似地走進來。

我火冒三丈。臉頰火熱，腦袋嗡嗡作響，所以才會做出這種事，總之我一把揪住他的衣領，把他拖出門外。

「怎麼了？」他整理領帶說。那張蒼白的臉色應該不全是路燈的關係，大快人心。

「你這個王八蛋！」我罵道，「如果你不直截了當回答我的問題，我就把你撕爛！」

「撕爛什麼？」他正經八百地問。

「你到底是從哪裡來的？」

「我已經說過，我——」

「少給我扯什麼外太空，已經夠了。你明明都搭計程車回去！」

自從桐原進出我們家以後，研次幾次試著跟蹤他。我們一家人並不是就這樣任人擺布，坐以待斃。

桐原總是叫計程車回去某處。研次因爲父親反對，沒能考機車駕照，只得放棄跟蹤回來——就這樣反覆追蹤又放棄。

「你是從哪裡來的？你到底是什麼人？」

我覺得聲音要破嗓了。聽到鄰居開窗的聲音。就算丟人現眼、被閒言閒語，我也顧不了那麼多了。

「道子小姐，出了什麼事嗎？」

桐原注視著我的眼睛深處問。我放開抓住他衣領的手，用那隻手掩住嘴巴，喘了好幾下。

「你是怎麼把聲音弄不見的？」

又可以發出強勢的聲音了。

「我不能說。」

「你眞的想要被撕爛嗎？」我張牙舞爪。

「如果可以，希望不要，但我忠於我的職務，因此還是不能告訴您。」

我們的姿勢看在不知情的人眼裡，肯定會招來誤會。我突然發現這件事，與他拉開距離。

「道子小姐，您爲什麼這麼生氣？是遇到什麼不順心的事嗎？」

戴著無框眼鏡的這個人摸了一下鏡邊，由衷同情地問。

（白痴啊？）我心想。（明明就是你害的！）

「認爲是我害的，就等於相信我所說的『銀河系共和國元老院』。」

我驚訝地抬頭。桐原笑容可掬。

「剛才是你在說話？」

「是的。」

「你能讀我的心？」

「只要稍微有點洞察力，任誰都可以觀察得出來。道子小姐應該也有經驗。」

只要謎底揭曉，一切都很單純——他喃喃說道。

我垮下肩膀，突然覺得累了。

「算了。你回去吧。」

桐原搖搖頭。

「我和隱居奶奶有約。」

不知何時開始，他都稱呼祖母爲「隱居奶奶」。

「爲什麼？」

「我們等一下要下五子棋。隱居奶奶很會下五子棋。」

我有些說不出話來。「喂，等一下！」終於出聲的時候，他已經在玄關了。還脫了襪子。

玄關裡面已經是「無聲」了。我比手畫腳動嘴唇問：

（爲什麼　脫襪子？）

桐原快步走出馬路，向我招手。我也朝馬路跨出一步。

「因爲剛才道子小姐沒讓我穿鞋就把我拖出馬路了。」

「不要把你脫下來的臭襪子亂丟。」

「沒問題的，我會收在口袋裡。您叫我就是要說這個嗎？」

「不是啦！」沒錯，襪子根本不重要，「我一直想問你，你爲什麼要來我們家？我不知道什麼計畫，不過撇開那不談，你爲什麼老是大剌剌地跑進我們家？誰跟你說可以來了？」

他很平靜地回答：

「是隱居奶奶請我來玩的。」

「騙人。奶奶才不會叫你來，她喜歡看電視。」

桐原一臉嚴肅地沉思一會兒說：

「但隱居奶奶也喜歡下五子棋。」

我從來不知道祖母喜歡玩五子棋。被外人指出這件事，我感到心虛。

桐原默默地看我。就像無尾熊一樣面無表情，然而我卻覺得他在責備我。

（從來沒有人陪隱居奶奶下五子棋，對吧？）我覺得他在這樣說。

我的口氣忍不住變得粗魯。

「你那什麼臉啦？」

「我的臉本來就長這樣。」

「我知道了。」我再次逼近他，「我知道你為什麼可以自由進出我們家了。奶奶，對吧？你收買奶奶，叫她幫你開鎖，對吧？」

桐原搖搖頭。

「隱居奶奶不是我這種人能收買的。」

說完後，他就像剛才說的，把玄關脫下來的襪子塞進外套口袋裡（髒死了！），進入祖母的房間了。

我走到廚房，把飯菜扒進嘴裡似地用了餐。我沒有告訴任何人在接電話的時候遇到了「無聲」，以及導致的後果。

父母各自在讀報和口袋書。母親替我泡了咖啡。我們之間一片寂靜，就好像待在水槽裡。回到房間一看，答錄機有三則留言。等到「無聲」狀態解除後，我將錄音帶倒回去聽。三則留言都是同事打來安慰我的。我想相信她們的安慰是眞心的。但我卻感到無動於衷，就好像仍然被「無聲」所籠罩。如果我說出實情，大家還會像這樣安慰我嗎？還是會把我帶去醫院？我忍不住想。

忽然間，我想到才剛讀完的《儀式》。這部小說描述一個上流家庭的女傭因為被發現不識字，而將主人全家都殺死了。

「尤妮絲・帕屈曼殺了柯弗岱爾一家，因爲她不會讀寫。」（註）

我坐在床上，雙手掩面，覺得自己也像尤妮絲一樣，無比孤獨。

8

隔天我沒去上班。

我向母親說我累死了，要在家睡上一整天。我沒打電話去公司請假，甚至覺得即使就這樣辭職也無所謂。

中午的時候，母親叫我，「要不要一起下來吃飯？」我只隨口應了一聲，沒有下床。

兩點多的時候，肚子實在餓了，想要吃點什麼。我在睡衣外面罩了件睡袍，悄悄開門，發現祖母站在走廊上。

她正要進去研次的房間。

我屏住呼吸，貼在開了條縫的門內，從縫間觀察情形。祖母溜進研次的房間，很快就出來了。右手緊握成拳，也許掌心裡藏了什麼。

註：此爲《儀式》開頭的第一句。

祖母下樓去了。我急忙換衣服，躡手躡腳地走到樓梯一半，俯視走廊。

祖母在玄關穿拖鞋，好像打算出門。

尾隨祖母很容易。她蜷曲的背影很顯眼，而且毫無防備。

祖母踩著搖搖晃晃的腳步走了很遠。經過一條馬路、再一條馬路，過了橋，還經過一座天橋。

這時也許是累了，走到一半蹲了下來。我很想衝過去扶她起來，把她帶回家，但狠心克制住了。

祖母最後走到一座小兒童公園。公園很小，但還不到放學時間，因此沒有人。

我和研次小時候常在這裡玩。正當我納悶奶奶來這種地方做什麼，發現她步履蹣跚地走著，靠近公園邊角的紅磚長椅。

啊！我驚覺一件事。

這把長椅的後面，有一處磚塊脫落的地方。那個地方就是小時候的我和研次還有奶奶三個人的「祕密寶箱」。

我們家在我剛出生的時候，就把祖母接過來同住。對母親來說，祖母是她的婆婆，因此在養育小孩——也就是我和研次——方面，似乎經常意見相左。

「奶奶動不動就寵壞孫子。」我也聽過母親這樣埋怨。尤其當我們長大，發現比起向父母央求，去求祖母更有機會成功時，這變成了相當嚴重的磨擦原因。

因此祖母想出了「寶箱」這個點子。當她想要給我和研次零食或零用錢時，就會到公園來，取下長椅的磚塊，把東西藏在裡面。然後我們就會來這裡吃那些零食，拿零用錢去玩遊戲之類的。不過這些東西不可以帶回家。

如此一來，不僅尊重了母親在家中的地位，我們姊弟也很開心。祖母也不是會隨便驕縱孩子的人，因此不會放些會慣壞我們的寶物。一切都很順利。

這已經是好久以前的往事了，早就都忘了，但祖母現在把什麼東西藏進了長椅後面的「寶箱」裡。

祖母將磚塊拼回原狀，沿著來時的路回去了。腳步看起來很沉重。以前來藏送給我們的寶物時，她不是那種步伐，腰桿子也是挺直的。

我等到祖母的身影從視野中消失，再走近長椅。我還記得脫落的磚塊是哪一塊。

裡面有父親的鑰匙圈、母親的吊飾，還有我的耳環。然後我發現祖母剛才藏進來的，是研次的學生服鈕釦。

我正拿著取下的磚塊沉思，有人拍了我的肩膀。

是桐原。

「你怎麼會在這裡？」

也因為嚇了一跳，我粗聲粗氣地問。桐原也沒有尷尬的樣子，淡淡地說：

「隱居奶奶在收集你們的回憶。」

「回憶？」

「是啊。這樣才可以一起帶走。」

「帶走……奶奶要離開家裡嗎？」

這不是不可能的事。父親是長男，但還有個弟弟，住在橫濱。祖母打算搬去那裡嗎？

「今晚我也要向各位道別了。」桐原仰頭望天，「計畫今晚就結束了。」

用完晚餐，祖母回去房間以後，我趁著「無聲」尚未造訪前，把今天發生的事告訴父母和研次。

「奶奶是不是眞的退化到以前了？」

母親喃喃說道。即使說出一直以來都是祕密的「寶箱」的事，畢竟都是小時候的事了，母親也沒有露出生氣的樣子。

「我是覺得奇怪，你們怎麼好像零用錢都花不完。」

「奶奶沒有給我們多少錢喔。」研次辯解說。

「把家裡的東西藏到那裡，奶奶到底想做什麼？是想要搬去橫濱的叔叔那裡住嗎？」

「不可能吧。」父親立刻否定，「媽跟幸子處不來。」

幸子是嬸嬸的名字。

「而且奶奶不會一個人坐電車。」

「那，奶奶爲什麼要收集那種東西？」

「應該是想起以前的事，覺得懷念吧。是不是放任她去比較好？」

桐原沒有露面，但我把他說「今晚就結束了」的事告訴家人。父母和研次的表情都有些意外。或許我的表情也是一樣。

「那傢伙到底是何方神聖啊？」研次說。沒有人回答。

十點左右，「無聲」降臨。我們都有些興奮。是「這是最後一次了」的解脫帶來的興奮，以及想要把握最後、仔細體會這罕見體驗的心情。

這次「無聲」持續了將近兩小時。母親去祖母的房間察看，大喊：

「奶奶不見了！」

我們這才發現「無聲」結束了。

母親衝去派出所。研次在附近四處尋找，我和父親趕往那個兒童公園。

「不管奶奶打算去哪裡，應該都會先去拿那些寶物！」

但我們慢了一步。鑰匙圈、吊飾、耳環和鈕釦，都從寶箱裡消失了。祖母帶著它們，不知道要去哪裡。

說明狀況後，派出所立刻派出警車。町會的人也幫忙一起找。現在都已經過了五月中旬，我們卻覺得手腳都冰冷了。

兩小時以後，兩站之外的町派出所有了聯絡，說找到祖母了，人平安無事。

「聽說大杉奶奶不是一個人。」

「她跟別人在一起嗎？」

父親問，我們町的員警還沒有回答，我就知道那是誰了。

「是不是一個自稱桐原的中年男子？」

「據說是那位先生說服大杉奶奶，讓她打消了自殺的念頭。」

「自殺？」

「對，大杉奶奶好像說她年紀大了，手腳又不靈活，活著也只會給家人造成負擔。跟她在一起的先生開導她說絕對不是這樣的。」

我忍不住喃喃說道：

「桐原……」

員警搖搖頭說：

「那位先生不姓桐原。而且他——」員警看向父親，「大杉先生，聽說他是你們公司的員工。他帶著身分證件，好像是你們公司研發部門的員工。」

9

祖母就這樣被送進發現她的地點的當地醫院住院了。據說是受寒感冒了。母親帶著衣物趕過去。

父親和公司講了幾通電話，一臉困惑地放下聽筒。

「莫名其妙。」他說，「公司幹部說現在要過來。帶著那個——叫桐原的人。聽說他是個很優秀的研發人員。」

「爸，你都沒發現那傢伙是你們公司的人嗎？」

研次受不了地說，父親搔了搔頭說：

「你爸是現場人員，根本沒看過研發部門的人。」

「你哪天能考進光是一個工廠就有好幾百名員工的公司就知道了。」

我說，研次不說話了。

所謂的公司幹部，是研發室的室長和父親的直屬上司。他們擺出一副「哎呀，給你們添麻煩了」的態度進屋來，叫我「小姐」，叫研次「公子」。

桐原一臉呆滯地跟在他們後面。我叫他，他也甚至不抬頭。

「啊，我們也是剛剛才得知狀況，驚訝極了。」研發室的室長擦著額頭的汗水。他全身均勻地曬成褐色，手背卻是白的。是打高爾夫球曬的。

「我們家發生的事，和公司研發室在做的研發有什麼關係嗎？」

父親問。是「請示」的口吻。我覺得厭惡。雖然覺得沒辦法，上班族就是這樣，但就是覺得討厭。

其實呢——研發室長以此爲開場白，開始說明。

這幾年在父親的公司，長時間在噪音環境中工作的員工，有愈來愈多人聽力受損。而且不是輕微受損，照這樣下去，公司必須認定是職業災害。

「因此研發室開始為現場人員開發輕量的、安裝時沒有異物感的高性能耳塞。聽到耳塞，都會聯想到搓圓的橡皮或綿花之類的東西，但不是這麼低階的東西。簡單地說，就是一種高科技耳塞。它會貼在內耳上，靠外界的遙控器操作來啓動。它的性能有多好，大杉先生，應該不需要說明了吧？因為你們都親身體驗過了。」

我看研次，弟弟看父親，父親看牆壁。

「努力有了成果，今年年初已經進入實用階段，接下來只需要在現場進行實驗。我們從現場員工當中，挑出幾名領班以上、工作表現良好的員工，然後——」

「在春季的健康檢查時，假借聽力檢查的名義，在那些人和家眷的耳朵裡裝上了那所謂的高科技耳塞，對吧？」

我搶先說，研究室室長用手帕擦額頭。

「沒錯，小姐。不過那時候妳們完全沒發現吧？裝設就是這麼容易。」

我回想起來。剛開始聽不見時，我們全家人一起去公司醫院檢查。

當時耳鼻喉科醫生說「沒辦法給你們更進一步的答案，眞不好意思」，因為他知道所有內幕。

「可是這樣的話，怎麼不對我一個人裝就好了？既然是要在現場實驗的話。」父親不滿地說。

我搖搖頭站了起來。

企業總是精明又貪婪，應該不可能只爲了減少自家員工的聽力障礙，就命令研究室進行開發。會研發出所謂的「高科技耳塞」，一定是因爲精打細算後，發現它本身具有商品價值。

我認爲一定是這樣的。

如果能讓高速公路和機場周邊的居民裝上這種耳塞，會怎麼樣？最大的價值在於它可以利用遙控器控制。按一下開關，就可以阻絕所有的噪音。

可是——眞的只有這樣而已嗎？

如果由佩戴耳塞的人以外的人來控制遙控器，會怎麼樣？那個人是不是可以自由掌控所有人——上百名——裝上耳塞的人聆聽的自由？

只需按一下按鈕。看，完全不吵了，對吧？如此一來，飛機可以深夜起降，高速公路也不需要限速了。因爲居民夜間還是可以安眠。不光是這樣而已。也可以在大樓工地附近或下水道工程時，讓附近居民戴上耳塞。好，啓動了。鴉雀無聲。很讚吧？

爲了以這種形式上市販賣，也必須在一般家庭進行測試。不，我認爲這才是他們的主要目標。

「嗯，唔，不過必須先進行廣泛的測試，才能進入實際運用階段。」

研究室室長擦著汗說：

「因此進行實驗時，每個家庭我們都派出一名研究員，詳細說明目的，請求配合。對於協助實驗的現場員工，也保證往後的升遷、加薪等優惠待遇，而且沒有任何危險性，應該是非常理想的實驗才對，然而負責府上的這名研究員——」

室長說出桐原的本名，但我不想聽。他叫桐原就好了。

「──聽說他對你們說了非常離譜的理由。聽到他的說明，我們也都嚇壞了……怎麼會編出那種就連現代小孩聽了都會哈哈大笑、不可能相信的說詞……」

這時一直垂著頭的桐原總算抬起頭來。他對著我，露出一種虛脫的笑容。

「我想要有人罵我。」他說。

「你不要多嘴！」室長制止，但他喃喃自語地接著說：

「我想要有人反抗我。我以爲只要胡扯一通，就會有人這麼做……」

「你到底在想什麼？你不知道你給大杉先生府上造成多大的困擾嗎？」

室長一口咬定地說，轉爲對我們笑著說：

「啊，不過幸好我們像這樣發現了。如果不是派出所聯絡公司，讓我們發現他失常的言行，我們一定會讓他一直實驗下去吧。因爲他都按時交報告上來，我們一直以爲大杉先生都了解實驗內容，是自願配合。」

這時，室長假惺惺地壓低了聲音：

「其實，他好像有點神經衰弱了。爲了這個研究開發案，公司把他從九州的分公司調過來，就他一個人，沒有帶家眷，這好像就是造成他壓力的原因。」

「他一個人來多久了？」

「七年。哦，因爲這是個大型研發案。」

「這段期間有休假嗎？」

「有，但實際上形同沒有。哦，不光是他而已，我也是，所有的研發人員都是一樣的。」

室長趾高氣揚地說，但我完全沒聽進去。我想著七年這段時間。七年。剛出生的嬰兒都上小學一年級了。

因爲無法反抗，所以一個人過來。

我想起桐原和祖母下五子棋的景象。

雖然是一家人，卻被隔離開來。就好像祖母在這個家裡面的處境。

眼前浮現坐在無聲的電視機前的祖母背影。浮現她從抽屜拿走耳環的身影。

祖母原本今晚想要尋死。帶著我們家人的紀念品。她從以前就有這樣的念頭，收集東西，偷偷藏起來。

桐原和祖母都是孤伶伶的一個人，所以今晚他們才會在一起。祖母對和她一樣孤單的人做了最後的道別，準備離開。

但桐原阻止了她，阻止了憾事。

然後桐原在我們家是這樣說的，反抗我吧！我想要有人反抗我。因爲我無法反抗，因爲我是孤單一人。

我對著牆壁，低沉地說，「出去。」室長和父親的上司東張西望，不解這話是在對誰說的。

「出去，就是你們！叫你們出去！」

「大杉——」父親的上司求助似地看父親，父親默默地交抱著手臂。

「喏，出口在那邊。」研次把他們往門口推。

「可是不能留下他——」

「叫你們出去！滾！滾！」

我大喊。每次叫喊，都覺得把體內的什麼東西也一起趕出去了。不只是我，父親、研次，還有桐原也一起大喊，「滾！」

「滾！滾！」

然後我們笑了起來。放聲大笑，打從心底歡快地笑了。

聲音不會再消失不見了，笑聲也綿延不絕。

解說

歡迎來到宮部美幸的「陰陽魔界」

曲辰

※本文涉及重要情節，未讀正文者請愼入。

請容許我擅自假設拿起這本書並讀到這兒的你是宮部美幸的書迷，每當她的書出版的時候，雖然不到馬上下單，也都盡量在半個月內拿到手，並另外花半個月的時間讀完它的那種書迷。那麼，你在拿起這本書時，心中到底想著什麼？「好久沒看到她那麼薄的書了」、「早期作品到底值不值得看呢」，這些疑問大概都有可能吧。

不過，當你看完《地下街的雨》——不，我猜大概看到第二篇的時候，就應該會彷彿爲了沉到水底而吁出一口長長的氣的鯨魚那樣，從你的內心深處發自靈魂地想問：

這眞的是宮部的小說？

當然，我們仍然可以在裡頭看到某些宮部的特徵或風格，但如果將作者名遮住並在什麼都不知道的情況下，應該會更傾向將這本書解讀爲其他人的作品才是。

一般而言，宮部向來擅長透過細密的人際關係與對話營造出潛藏的劇情伏線，讓你一邊惶恐，一邊只能坦然面對小說中人物即將迎來的命運。如同旁觀好友的分手現場，你知道即將發生什麼、不願繼續看下去；但又需要全程陪伴著對方，無法離開。然而《地下街的雨》的幾個短篇都太粗糙而尖銳，失去了那種圓融，不僅經營情緒的方式稍嫌粗糙（有好幾篇居然是用自白的方式強硬帶入），甚至還讓人過早意識到作者想做些什麼或想表達些什麼，喪失了她原本具有餘裕的故事節奏。

更奇怪的是，《地下街的雨》出版於一九九四年，在此之前她早已用《龍眠》與《火車》展現自身的說故事功力，爲何還會交出這樣的作品呢？

答案或許是，有些故事，就是必須要在這樣的粗糙與尖銳下才能眞正發揮出力道。

美國有部影集，叫《陰陽魔界》（註），由於是科幻單元劇形式，題材非常多樣化，但一集三十分鐘的限制下，很多故事都需要割捨過長篇幅的說明。例如有一集是一個家庭主婦無意間發現自己家閣樓出現了飛碟，還放出了讓她長疹子的放射性接觸武器以及攻擊型機器人，而在跟飛碟交手後，赫然發現那居然是美國空軍的產物。這當然是個極爲諷喻的結局，但這種完全不交代背景（例如美國空軍到底爲什麼要做這些東西，以及還要把這些東西放到主角家），直接切入正題不做多餘解釋的明快敘事風格，的確成爲了《陰陽魔界》的特色。這部影集後來也影響了日本富士電視台，拍出了《世界奇妙物語》（世にも奇妙な物語，一九九〇年開始播放）。

我無意指出宮部有意識地承襲這種風格，但是的確可以看出，她藉由類似這種單元劇的性質，來創造各種可能的書寫，並試圖不要把故事講得那麼豐滿，經營地更功能性一點，讓劇情推著角色走（而非角色帶著劇情走）。粗糙與尖銳固然是率意而爲，可的確創造了她的小說過去從未有過的質感。

這些短篇或許也能視爲一種練習，宮部在有限的篇幅內，試探自己的敘事技巧究竟能做到什麼地步，或者是當作一顆拋向湖心的石頭，得以透過回應的漣漪來理解自己的能耐。也因此她偶爾會將這些故事擱置，靜待日後成熟的時候予以回收。

以下是針對本書收錄短篇的解說：

〈地下街的雨〉：或許很多讀者都被宮部後期的風格所誤導，以爲她的作品總是走溫暖路線，事實上作爲與桐野夏生、高村薰齊名的女性作家，宮部在描寫女性內心時偶爾也毫無憐憫之心，盡情表現其中黏膩、陰濕的部分，小說中主角被甩了之後的痛苦與自虐有很強的說服力。小說中的女性互動如今讀來頗有日後「致鬱系推理」的味道，就算是結尾扭轉到看似光明的方向，我還是覺得小說最後一句話頗有暗示以這種手段交換的感情關係極有可能不會幸福。

註：Twilight Zone，美國電視史上的經典作品，對大眾文化影響巨大。首次播出是在一九五九至一九六四年，後有三次重新製播，最新版本於二〇一九開始播出。

〈絕對看不見〉：宮部是個標準的史蒂芬．金迷。眾所周知《龍眠》就是她對這位恐怖大師的致敬作（宮部自己說寫那本書時很像在cosplay），但性格使然，她沒辦法寫出史蒂芬金那種單純以一個點子撐起全場的恐怖小說。這篇〈絕對看不見〉則是難得如此的作品，特別是黑線紅線這種不合理，但就是莫名有說服力的陳述方式，使得整篇小說籠罩在一種宮部作品少見的朦朧感中。

〈默契〉：在早期的宮部小說中，我們就已經可以看到她在實驗各種「複數敘事聲腔」的可能。這篇〈默契〉則是拼湊了各個出場角色的（對著不知放在何處的鏡頭）獨白而寫成，有點像之後《理由》中的報導文學訪談形式。然而這時的作者還沒有辦法在有限的篇幅內將每個人說話方式的特色凸顯出來，以至於讀來會有些呆板與無聊。即使如此，她還是很巧妙地抓到了日本人的溝通特色，也就是因爲不能明說，一切只能靠暗示，所以那個過度巧合主義的「勒索遊戲」才有可能變成壓垮爸爸的最後一根稻草，也造成了最後的悲劇。

〈串音干擾〉：很難得在宮部小說中看到這麼單純的「以暴制暴」，也因此她花費了相當心力與篇幅在呈現「騷擾電話」到底是一件多麼擾人的事情；而這種犯人又是如何得冥頑不靈，這樣讀者才能在之後的「強制執行」感受到某種閱讀的愉悅。通篇電話彼端的人都未現身，恐怕也是方便日本的女性讀者自己帶入。附帶一提，小說中對於打騷擾電話的人的處置跟伊藤潤二〈呻吟的排水管〉（うめく排水管）的一個設計很像，但該篇漫畫刊載於一九九三年九月號的《月刊ハロウィン》（註），就時間而言很難說誰影響誰，只能說是大宇宙的意志吧。

〈人生贏家〉：在人死後去追尋其生前的痕跡算是日本推理小說中不算少見的類型，爲了要壓縮在很短的篇幅內，宮部還是動用了「巧合主義」的武器，讓小偷剛好偷了勝子的信又因緣際會認識了勝子，減少了篇幅卻也減少了合理性。不過作者也在這篇小說中傳遞了她對「女性必須要戀愛結婚才算勝利」這樣價值觀的質疑，那合理性與否也似乎不是那麼重要了。

〈骸原〉：極其完整，而且會讓人覺得停留在短篇也太可惜了。一開始讀者大概都以爲橋場瘋了，卻沒有想到唯有見識過地獄的人、才能辨認出地獄。當一個人無法仰仗他人的善意而活，或許就能獲得某種天啓式的觀察力。宮部對「鬼迷心竅」，亦即「無動機殺人」的觀察自此刻起，之後的《模仿犯》或《無名毒》應該都在這條延長線上。小說的最後，那個差點要溢出常軌的父親，被女兒以親情喚醒的設計，則可能是宮部對這類殺人提出的某種解方。

〈再見，桐原〉：宮部是個科幻小說迷，也在各種不同的地方表達過自己對於菲利浦・K・迪克（Philip K. Dick）跟詹姆斯・提普奇（James Tiptree Jr.）的喜愛，但我找不到她與星新一的關係。不過任何熟悉星新一作品的讀者，看了這篇一定能意識到宮部受到星新一的影響。並不是在於這種日常的科幻風格，而是這種科幻暴露了日常底下的權力運作機制，在現代社會我們是如何得離不開感官，而可以控制科技以控制我們感官的人也就得到了相應的權力（甚至不敢質疑他），更悲

註：台版雜誌名爲《靈少女》。

傷的是，那個控制科技的人自身也被科技所控制。那個結尾的喊叫，大概是宮部最後的溫柔了吧。

最後，我還想提醒，礙於書寫的年代，這本小說有許多提到科技的部分都帶有強烈的過時感（特別是在電話部分），我們好像無意間闖入以文字構築的時間結界，這也使得這本小說集有著懷舊的氣息。但是其中渲染的人性與人心，卻跟現在沒有太多差異。

這就是宮部美幸的「陰陽魔界」，雖然短小、卻精悍，雖然粗魯、卻有力、雖然老派，卻永不過時。

本文作者簡介

曲辰

路經某間小小舊舊的書店，時間還算充裕就進去了，在書架上翻到一本想看很久的書，就這麼讀了起來。正處於不知有漢，無論魏晉的狀態時，朋友忽然衝了進來抓住我的手就往門外逃，這時我才發現書架跟天花板都融化成舌頭的質地朝我們席捲而來，就在逃出門外的那一刻，我失手弄丟了書。

然後我醒了過來，並對於那夢中有著無限可能的閱讀經驗感到難以忘懷，並因此而哭泣了起來。

這就是我寫評論的理由。

宮部美幸

作品集 / 66

Miyabe Miyuki

地下街的雨

國家圖書館出版品預行編目資料

地下街的雨 / 宮部美幸著；王華懋譯. - 初版.- 臺北市：獨步文化，城邦文化出版：家庭傳媒城邦分公司發行, 民 109.01
面；　公分. --（宮部美幸作品集：66）
譯自：地下街の雨
ISBN 978-957-9447-58-4（平裝）

861.57　　108021087

原著書名 / 地下街の雨・原出版者 / 集英社・作者 / 宮部美幸・翻譯 / 王華懋・責任編輯 / 張麗嫺・編輯總監 / 劉麗眞・總經理 / 陳逸瑛・榮譽社長 / 詹宏志・發行人 / 凃玉雲・出版 / 獨步文化 城邦文化事業股份有限公司 台北市中山區104民生東路二段141號5樓 電話 /(02) 2500-7696 傳眞 /(02) 2500-1966; 2500-1967・發行 / 英屬蓋曼群島商家庭傳媒股份有限公司城邦分公司 台北市中山區民生東路二段141號2樓・網址 / WWW.CITE.COM.TW・讀者服務專線 /(02) 2500-7718; 2500-7719・服務時間 / 週一至週五：09：30-12：00、13：30-17：00・24小時傳眞服務 /(02) 2500-1990; 2500-1991・讀者服務信箱 e-mail / service@readingclub.com.tw・劃撥帳號 / 19863813 戶名 / 書虫股份有限公司・香港發行所 / 城邦（香港）出版集團有限公司 香港灣仔駱克道193號東超商業中心1樓 /(852) 25086231 傳眞 /(852) 25789337 E-mail / hkcite@biznetvigator.com 馬新發行所 / 城邦（馬新）出版集團 Cite (M) Sdn. Bhd. 41, Jalan Radin Anum, Bandar Baru Sri Petaling,57000 Kuala Lumpur, Malaysia. 電話 /(603) 90578822 傳眞 /(603) 90576622・封面設計 / 蕭緒芳・排版 / 陳瑜安・印刷 / 前進彩藝有限公司・2020年（民109）1月初版・2020年（民109）1月22日初版4刷・定價 / 340元
Printed in Taiwan　ISBN 978-957-9447-58-4

城邦讀書花園
www.cite.com.tw

宮部みゆき